Collection
PROFIL LITTÉRATURE
dirigée par Georges Décote

Série
PROFIL D'UNE ŒUVRE

L'Assommoir
(1877)

ÉMILE ZOLA

Résumé
Personnages
Thèmes

COLETTE BECKER
agrégée des lettres

HATIER

Sommaire

ISSN 0750-2516 ISBN 2-218-05276-8

Note : Toutes les références à *L'assommoir* renvoient à l'édition « Folio »

Introduction

1877 : une grande date dans la vie littéraire française et dans celle de Zola, un scandale retentissant : *L'assommoir* sort en librairie.

LE CLIMAT POLITIQUE

Publier *L'assommoir* était, en effet, à l'époque, un acte d'audace. Le 5 novembre 1871, Zola avait déjà dû interrompre la publication de son roman *La curée*, dans *La cloche*, sous peine de saisie du journal. *Le corsaire* avait été interdit, le 22 décembre 1872, par le gouverneur général de Paris, à la suite d'un article du romancier : « Le lendemain de la crise ». Le 24 mai 1873, le Maréchal de Mac-Mahon fut élu comme président de la République, en remplacement de Thiers; il confia le soin de former le ministère au duc de Broglie. Le conformisme politique, social et religieux s'accentua. Ce fut le Gouvernement de l'Ordre Moral que Zola stigmatisa dans *La conquête de Plassans*, publié en feuilleton, dans *Le siècle*, en 1874. De nombreux ouvrages continuaient à être taxés d'immoralité ou d'outrages aux bonnes mœurs, à être saisis, poursuivis ou condamnés. La vente des *Mémoires* de Casanova fut interdite. Le 9 avril 1875, fut condamné à 500 F d'amende l'éditeur qui venait de réimprimer les *Contes* de La Fontaine, d'après l'édition des Fermiers généraux; Léon Cladel se vit infliger un mois de prison et 500 F d'amende, le 15 avril 1876, pour avoir écrit une nouvelle, *Les maudites*, dans laquelle il louait les Communards; même peine, le 26 août, à Jean Richepin, pour *La chanson des gueux*; *La tribune* fut inculpée pour outrages à la religion catholique, le 28 septembre, et son gérant condamné à trois mois de prison et 4 000 F d'amende, etc. [1]

Tel était le climat lorsque la première livraison de *L'assommoir* parut, le 13 avril 1876, dans *Le bien public*.

« UNE NOUVELLE BATAILLE D'HERNANI »

Yves Guyot, le directeur républicain radical du journal, avait bien modifié le texte que lui donnait Zola, à la grande colère du romancier : « On me coupe mes effets, écrivait-il à Ludovic Halévy, le 24 mai, on m'éreinte ma prose, en enlevant des phrases et en pratiquant des alinéas. Enfin, j'ai le cœur si navré par ce genre de publication, que je ne revois même pas les épreuves. » Pourtant le scandale éclata dès la première semaine et ne cessa de s'amplifier. On attaqua le journal, à droite comme à gauche, au point que *Le bien public* cessa la publication du feuilleton pour « des raisons politiques, beaucoup plus que morales ou littéraires », comme le pense Henri Mitterand. Racheté par le chocolatier Émile Menier, le journal était en effet de tendance radicale. Or, à gauche, *L'assommoir* fut vite considéré comme une « mauvaise action », pour reprendre les mots de Paul Lafargue, car il peignait les ouvriers « sous l'aspect de dégoûtants ivrognes ». Mais, à droite, les critiques furent aussi violentes. On n'était pas choqué par l'idéologie du roman, mais par sa langue et sa forme. Zola, qui venait de scandaliser avec *La faute de l'abbé Mouret*, devint définitivement aux yeux de certains « le chef de la Commune littéraire », comme l'affirme Dancourt, dans la fort conservatrice *Gazette de France* dès le 19 avril 1876; il passa pour l'initiateur d'une nouvelle forme de littérature, celle de la « malpropreté », de la « crudité », de la « pornographie », pour reprendre les attaques que lui adressa dès le 1er septembre Albert Millaud, dans *Le Figaro*.

Par contre, le roman souleva l'enthousiasme des jeunes écrivains admirateurs de Flaubert et de Goncourt, ceux que l'on groupera dans « l'école naturaliste » : Maupassant, Huysmans, Paul Alexis, Henry Céard, Léon Hennique, qui,

1. Voir Léon Deffoux, *La publication de « L'assommoir »*, Paris, 1931.

autour de Zola, publièrent en 1880 *Les soirées de Médan*, sorte de manifeste de l'école; mais aussi Louis Desprez, Octave Mirbeau, Édouard Rod, et Mallarmé qui le félicita très chaleureusement.

UN SUCCÈS ÉQUIVOQUE

La publication du roman reprit cependant un mois plus tard, le 9 juillet 1876, dans la revue du poète parnassien Catulle Mendès, *La république des lettres*. Il parut en volume chez l'éditeur Charpentier à la fin de janvier 1877. Il eut un succès immédiat : « J'arrive des galeries de l'Odéon, écrivait Huysmans à Zola. Les piles d'*Assommoir* se fondent et se renouvellent sans arrêt! Marpon le libraire est enchanté et nous aussi » (lettre sans date, B. N., Ms., NAF, 24520, f° 419). Il se vendit, en juin, 1 366 volumes ; en juillet, 1 800, ce qui, à l'époque, était tout à fait considérable.

L'œuvre inspira aussitôt - signe de notoriété - maintes parodies jouées sur les théâtres des Boulevards, au cirque, au music-hall, dans les caf'conc [1]. Elle servit de thème à des bals costumés. Les caricaturistes s'emparèrent de la personne de l'écrivain. On ne cessa dès lors de le représenter en chiffonnier piquant son crochet dans des tas d'ordures à la recherche du document vrai, en vidangeur ceint du tablier de cuir, en égoutier, en « overerier » zingueur, en père Colombe, etc. [2]

Le roman eut 38 éditions en 1877, 12 en 1878. On atteignit la 91e en 1881. Il inaugurait, comme le dit Henri Mitterand, les tirages massifs des grands succès modernes de librairie. En 1885, on en avait tiré 100 000 exemplaires; en 1908, 162 000; en 1923, 203 000... Dès 1902, Ferdinand Zecca tourna *Les victimes de l'alcoolisme*, et, depuis, l'œuvre inspira neuf films dont *Gervaise* de René Clément, en 1956.

C'était donc la gloire... et la fortune que, malgré onze romans, des recueils de contes et nouvelles, des centaines d'articles littéraires, artistiques ou dramatiques, Zola n'avait

1. Les cafés-concerts étaient des théâtres dans lesquels les spectateurs pouvaient fumer, boire et circuler, et dont le programme comportait surtout des tours de chant, des numéros acrobatiques, des pantomimes, des ballets, des revues, etc...
2. Voir John Grand-Carteret, *Zola en images, 280 illustrations, portraits, caricatures, documents divers*, Paris, F. Juven, 1907.

pas encore atteintes. *L'assommoir* paya Médan, la propriété, célèbre depuis, que le romancier acheta sur les bords de la Seine. Et d'aucuns parlèrent de deux Zola : celui d'avant ce succès, le maigre, et celui d'après, le gras.

De nos jours encore, *L'assommoir* est l'une des trois ou quatre œuvres les plus connues et les plus lues de l'écrivain. Il traîne toujours derrière lui un parfum de scandale qui tient pour beaucoup au succès qu'il eut à sa publication, autant qu'aux légendes tenaces qui naquirent alors sur l'auteur comme sur le livre, sur la pensée du romancier ou sur sa méthode de travail.

Depuis 1952, date du renouveau des études zoliennes, les critiques s'efforcent de dissiper ces idées fausses. Leurs travaux, l'emploi de nouvelles méthodes de recherches comme l'analyse thématique ou la linguistique, la connaissance précise de documents très souvent inédits ou peu accessibles (dossiers préparatoires des romans, lettres et autres), une appréciation meilleure de l'époque, nous permettent de faire une lecture plus juste et plus complète d'une œuvre si controversée. Toutefois, avant d'en mesurer la valeur documentaire, l'idéologie, la qualité artistique ou l'importance littéraire, il convient de comprendre quels étaient les buts de Zola et de resituer le volume, à sa place, dans la suite des *Rougon-Macquart*.

1 Situation de « L'assommoir »

CHRONOLOGIE

Vie et œuvres - Mouvement littéraire et artistique

1. Jeunesse et formation : 1840-1860.

1840 (2 avril) : naissance à Paris d'Émile Zola, fils de François Zola, ingénieur d'origine vénitienne, et d'Émilie Aubert, fille de petits artisans beaucerons.

1843 Les Zola s'installent à Aix-en-Provence. Le père projette de faire creuser le canal d'adduction d'eau potable qui portera son nom.
  1846 Balzac : *La cousine Bette;* Michelet : *Le peuple.*

1847 Mort de François Zola; la famille vit dans la gêne. Domiciles de plus en plus modestes; les Zola doivent même habiter hors la ville.

1848 Émile Zola est élève à la pension Notre-Dame, à Aix.
  1849 Courbet : *L'enterrement à Ornans.*
  1850 Mort de Balzac; Courbet : *Les casseurs de pierre.*

1852 Zola entre au Collège Bourbon, à Aix. Il y aura comme amis Cézanne et Jean-Baptiste Baille.
  1853 V. Hugo : *Les Châtiments.*
  1855 Exposition privée de Courbet sous le titre : « Le Réalisme ».

1856 Premiers essais littéraires de Zola (nombreux vers).
  1856 Duranty et Champfleury : *Le réalisme.*
  1857 Flaubert : *Madame Bovary;* Courbet : *Les demoiselles des bords de Seine.*

1858 Les Zola viennent habiter Paris; existence très modeste. É. Zola fait, comme boursier, une seconde au Lycée Saint-Louis. Il écrit de nombreux poèmes dont la plupart sont perdus.

1859 Classe de rhétorique au Lycée Saint-Louis. Double échec au baccalauréat ès sciences. Zola abandonne ses études.
  1859 Darwin : *De l'origine des espèces.*

1860 Après avoir cherché un emploi sans succès, Zola accepte de travailler à l'administration des Docks. Il gagne 60 F par mois; il n'y reste que deux mois. Il lit beaucoup : Lamartine, Musset, Hugo, G. Sand, Shakespeare... et compose des nouvelles et des poèmes.
  1860 Millet : *L'angélus.*

(Pour le mouvement des lettres et des arts, se reporter à un manuel de littérature; seules figurent dans la colonne 1 quelques dates concernant les artistes aimés et défendus par Zola, et dont les tentatives sont souvent proches des siennes.)

Sciences, techniques, grands travaux, vie politique et sociale

1840 Monarchie de juillet. Développement des journaux à bon marché (*La Presse*, *Le Siècle*, fondé en 1836).

1847 Agitation républicaine.

1848 (février) : chute de la monarchie; proclamation de la République. (mars) : liberté de la presse; (juin) : échec de l'insurrection ouvrière. (déc.) : Louis-Napoléon Bonaparte élu Président de la République.

1850 (28 avril) : Eugène Sue, tenu pour socialiste, est élu député de Paris : (31 mai) : loi électorale exigeant un domicile de 3 ans (et non 2) dans le canton : de nombreux ouvriers ne peuvent plus voter.

1851 (2 déc.) : coup d'état de Louis-Napoléon Bonaparte; résistance républicaine; répression; déportations. Victor Hugo s'exile.

1852 (févr.) : grave restriction de la liberté de la presse; (2 déc.) : Louis-Napoléon Bonaparte Empereur.
1852-53 Création des grandes banques. Création du Bon Marché.
1853-1869 Haussmann est préfet de la Seine. Il entreprend de grands travaux d'urbanisme. Développement des grandes compagnies de chemin de fer.

1854 Guerre de Crimée. Fondation du *Figaro*.
1855 1re Exposition Internationale de Paris. Achèvement de la rue de Rivoli. Création du magasin du Louvre.

1857 Élection de 5 députés d'opposition au Corps Législatif.
1857 Les Halles, de Baltard, remplacent les marchés de plein air. Aménagement des gares.
1857-1870 Percement du tunnel du Mont-Cenis.

1858 (14 janv.) : attentat d'Orsini; (19 fév.) : loi de Sûreté générale; (2 juillet) : entrevue de Plombières entre Napoléon III et Cavour.
1858 Premiers viaducs d'Eiffel. Achèvement du Bois de Boulogne et du Bd du Centre (aujourd'hui Bd Sébastopol); hippodrome de Longchamp.

1859 Guerre d'Italie. Paris annexe 11 communes limitrophes. Les 12 anciens arrondissements sont remplacés par 20 arrondissements nouveaux.
1859-1869 Percement du canal de Suez.

1860 Début de l'Empire libéral. Annexion de la Savoie. Campagne de Garibaldi.

Vie et œuvres - Mouvement littéraire et artistique

2. Les premières œuvres avant les Rougon-Macquart : 1861-1868.

1861 Année de misère physique et morale. Zola ne peut pas trouver un emploi. Il écrit encore des poèmes mais lit Montaigne et Molière. Il visite le Salon de peinture avec Cézanne, venu travailler à Paris pendant quelques mois et connaît de nombreux peintres.
1861 Jules Simon : *L'ouvrière;* 1re exposition Manet.

1862 (1er mars) : Zola entre à la Librairie Hachette; il deviendra très vite chef de la publicité. (30 oct.) : naturalisé français.
1862 V. Hugo : *Les Misérables.*

1863 Zola commence une collaboration qui durera jusqu'à la fin de sa vie avec de très nombreux journaux.
1863 Premier Salon des refusés : Courbet, Jongkind, Pissarro, Monet, Whistler. Manet expose *Le déjeuner sur l'herbe.*

1864 *Contes à Ninon.*
1864 Goncourt : *Germinie Lacerteux.*

1865 Zola rencontre Gabrielle-Alexandrine Meley qu'il épousera en 1870. *La confession de Claude.* Relations épistolaires avec les Goncourt.
1865 Manet : *Olympia.*
1865-1866 Monet : série de toiles sur le même thème, la route près de Honfleur.

1866 Zola quitte la Librairie Hachette; il vit désormais de sa plume. *Mes Haines. Mon Salon* (défense de Manet). *Le vœu d'une morte. Esquisses parisiennes* (nouvelles). Plusieurs séjours à Bennecourt (près de Mantes) où il retrouve Cézanne et d'autres amis, dont plusieurs peintres.

1867 *Les mystères de Marseille. Thérèse Raquin.*
1867 Karl Marx : *Le capital* (1re traduction française en 1875).

1868 Zola projette d'écrire l'Histoire naturelle d'une famille en 10 volumes (premier projet des Rougon-Macquart). *Madeleine Férat.*
1868 Manet : *Le Balcon ; portrait de Zola.* Corot : *Un matin à Ville-d'Avray.* Dans son *Salon,* Zola défend Courbet, Manet, Monet, Pissarro, Jongkind. (14 déc.) Première rencontre avec les Goncourt. Il entre en relation avec Flaubert.

3. Les Rougon-Macquart avant « L'assommoir ».

1869 Il écrit le 1er volume des *Rougon-Macquart : La fortune des Rougon.*
1869 E. et J. de Goncourt : *Mme Gervaisais.* Degas : *Les repasseuses.*

1870 *La Fortune des Rougon.* (7 sept.) Zola part pour Marseille où il va fonder un journal républicain radical, *La Marseillaise.* (11 déc.) Il gagne Bordeaux. Il est secrétaire de Glais-Bizoin.

1871 *La curée* (préparée en 1869-1870).

1871-1872 Chroniques parlementaires à *La Cloche* et au *Sémaphore de Marseille.*
1872-1873 Monet : Argenteuil (série de toiles).

1873 *Le Ventre de Paris. Thérèse Raquin* au théâtre.

1874 *La conquête de Plassans. Nouveaux contes à Ninon. Les héritiers Rabourdin* (comédie).
1874 Première exposition impressionniste avec Monet, Pissarro, Sisley, Cézanne, Renoir, Berthe Morisot. Degas y présente sa *Blanchisseuse.*

1875 *La faute de l'abbé Mouret.*

1862 Début de construction de l'Opéra. Percement du Bd Saint-Michel.

1863 Victor Duruy, ministre de l'Instruction publique. 32 opposants au Corps Législatif. Coalitions et grèves.

1864 Droit de coalition rétabli. Fondation à Londres de la Ire Association internationale des travailleurs. Grève des relieurs. Caisse du Sou (prêts aux grévistes).

1865 Nombreuses grèves : cochers de fiacre, chapeliers, teinturiers, maréchaux, mineurs du Nord... Section française de la première internationale.
1865 Fondation du Printemps, par Jaluzot.

1866 Première grève des mineurs d'Anzin. Crise économique.

1867 Le droit d'interpellation remplace le droit d'adresse. V. Duruy : une école primaire dans chaque commune de 500 h. (au lieu de 800) et création, malgré le clergé, d'un enseignement secondaire pour jeunes filles.
1867 Exposition Internationale de Paris (Palais de l'Industrie). Effondrement du Crédit Immobilier.

1868 (mai) : loi libéralisant le régime sur la presse. De nombreux journaux d'opposition se fondent.

1869 Succès des libéraux et des radicaux aux législatives de mai. Troubles sanglants à La Ricamarie et à Aubin.
1869 Inauguration du canal de Suez. Création de La Samaritaine (E. Cognacq).

1870 8 mai : plébiscite. Juil.-sept. : guerre avec la Prusse. 4 sept. : chute de l'Empire. 19 sept. : Paris assiégé.

1871 Armistice. Élection d'une Assemblée Nationale. La Commune (semaine sanglante : 21-28 mai).

1872 Agitation monarchiste et manifestations cléricales. Grève des mineurs d'Anzin.

1873 Succès des Républicains aux élections complémentaires. Offensive de la droite. Gouvernement d'Ordre Moral : Mac-Mahon président de la République.

1874 (19 mai) : interdiction d'employer dans les manufactures, ateliers, usines ou chantiers des enfants de moins de 13 ans. Et pas plus de 12 heures par jour, pour les enfants de plus de 13 ans.

1875 La République est votée à 1 voix de majorité.

1876 *Son Excellence Eugène Rougon.* Publication de *L'assommoir* en feuilleton.
1876-1877 Degas : *L'absinthe.*

1877 *L'assommoir* en librairie.
1877 Troisième exposition impressionniste.
E. et J. de Goncourt : *La fille Élisa.*

4. Après « L'assommoir ».

1878 Achat de ia propriété de Médan, en Seine-et-Oise. *Une page d'amour.*

1879 *L'assommoir* (drame).

1880 Mort de la mère de Zola. Crise morale de l'écrivain. *Nana. Les soirées de Médan. Le roman expérimental.*

1881 *Les romanciers naturalistes. Le naturalisme au théâtre. Nos auteurs dramatiques. Documents littéraires.*

1882 *Pot-Bouille. Une Campagne* (articles).

1883 *Au Bonheur des Dames. Pot-Bouille* au théâtre.

1884 *La joie de vivre. Naïs Micoulin.*

1885 *Germinal.*

1886 *L'œuvre.* Dernière exposition des impressionnistes. Arrivée de Van Gogh à Paris. Premier séjour de Gauguin à Pont-Aven.

1887 *La terre.* Soutenu par Zola, Antoine fonde le Théâtre libre.

1888 *Le rêve.* Liaison avec Jeanne Rozerot dont il aura deux enfants.

1890 *La bête humaine.*

1891 *L'argent.* Zola devient président de la Société des Gens de Lettres.

1892 *La débâcle.*

1893 *Le docteur Pascal* (dernier ouvrage des *Rougon-Macquart*).

1894 *Les trois villes : Lourdes.*

1896 *Rome.*

1897 Zola s'engage dans l'affaire Dreyfus. *Nouvelle campagne* (articles).

1898 J'accuse. *Paris.* Procès de Zola. Condamné, il s'exile en Angleterre.

1899 Retour à Paris. *Les quatre évangiles : Fécondité.*

1901 *La vérité en marche* (recueil des articles consacrés par Zola à l'affaire Dreyfus). *Travail.*

1902 (29 septembre) : mort de Zola. (5 oct.) : funérailles. Le 4e des Évangiles *(Justice)* reste inachevé.

1903 *Vérité.*

1908 Transfert des cendres de Zola au Panthéon.

Sciences, techniques, grands travaux, vie politique et sociale

1876 Victoire des Républicains aux élections législatives. Dissolution de la 1re internationale.
1876 Construction du Trocadéro. Invention du téléphone (Graham Bell).

1877 (16 mai) : dissolution de la Chambre par Mac-Mahon. Élections ; victoire des Républicains.

1879 Démission de Mac-Mahon. Gambetta président de la Chambre. Amnistie des Communards.

1880 Lois sur l'enseignement (Jules Ferry). Grèves à Anzin.

1881 Gratuité de l'enseignement. Liberté de la presse et de réunions.

1882 Lois sur l'instruction gratuite, laïque et obligatoire. Formation du parti ouvrier, de Guesde. Manifestations violentes à Montceau-les-Mines.

1884 Loi Waldeck-Rousseau autorisant les syndicats.

1886 Grèves à Decazeville et à Vierzon.

1887-1888 Agitation boulangiste. Scandale Jules Grévy. Première Bourse du Travail à Paris. Sadi Carnot président de la République.

1889 Fuite de Boulanger.
1889 Exposition Universelle (la tour Eiffel).

1890 Première célébration à Paris de la fête du 1er mai.

1891 1er mai sanglant à Fourmies. Encyclique *Rerum Novarum*.

1892 Grève de Carmaux. Scandale de Panama.

1894 Arrestation de Dreyfus.

1895 Fondation de la CGT (Confédération générale du travail).

1897 Loi sur le travail des enfants de 13 à 16 ans (10 h par jour) ; filles et femmes : pas plus de 11 h par jour.
1898 Ier Salon de l'auto. Branly et Marconi inventent la T.S.F.

1900 Durée du travail : 11 h par jour au maximum. Exposition Universelle (Palais de l'électricité).

1901 Loi sur les associations.

1902 Ministère Combes, lutte contre les congrégations.

1906 Dreyfus est réhabilité.

A LA RECHERCHE D'UN ART NOUVEAU

En 1868, Zola conçoit de vastes projets. Il propose à l'éditeur Lacroix, au début de 1869 probablement, une sorte de contrat qui ressemble à celui qu'il avait vu faire à Émile Littré par la Librairie Hachette. Il n'a pas en effet de fortune personnelle, comme bien des écrivains de son époque, et il doit faire vivre sa mère et sa femme. En échange d'un salaire fixe, il s'engagerait à fournir un certain nombre de romans (dix, au rythme de deux par an, pensait-il) dont il trace les grandes lignes dans des « Notes générales sur la marche de l'œuvre » : ces manuscrits, très précieux pour notre connaissance de l'écrivain, sont conservés à la Bibliothèque Nationale [1].

Il a déjà beaucoup réfléchi sur son art. On a trop tendance, en effet, pour comprendre sa doctrine et ses buts, à ne se reporter qu'aux écrits théoriques qu'il publia en 1880 et en 1881. Ces recueils d'articles sont, le plus souvent, des textes polémiques, écrits en pleine bataille; ils ont une raideur dogmatique que démentent les œuvres.

En fait, la pensée de Zola s'est faite longtemps avant, surtout à partir de 1865, lorsqu'il tenait la rubrique littéraire du *Salut public de Lyon* ou de *L'événement*.

• *Avec Balzac, Flaubert, les Goncourt*

Pour les nécessités de son métier, et aussi par une inlassable curiosité, il lit ou voit jouer la plus grande partie de ce qui s'écrit.

On appréciait alors Jules Sandeau, Octave Feuillet, Victor Cherbuliez, Louis Énault, Ponson du Terrail, etc. Pour Zola, ce sont des moralisateurs vertueux, qui content des « histoires à dormir debout où le drame est fait des sentiments les plus faux et les plus alambiqués ». Il refuse d'utiliser à son tour la « pommade de l'idéal », le « sirop du romanesque », d'être un « faiseur de roman » ou un « bâcleur de feuilleton ». Ceux qu'il ne cesse de louer, ce sont Balzac, Flaubert, les Goncourt dont il méditera la très importante préface à *Germinie Lacerteux*, parue en 1864.

1. Ces manuscrits, ainsi que tous les autres manuscrits de Zola conservés à la Bibliothèque Nationale, portent un numéro, et les feuillets qui les composent sont eux aussi numérotés. Nous utiliserons donc souvent le type de référence suivant : Ms (= manuscrit) 10 271, f° (= feuillet) 70, etc...

Le 27 avril 1866, il affirme catégoriquement dans *L'événement* : « J'ai peu de sympathie, je l'avoue, pour les histoires de convention, pour ces contes romanesques qui nous charment pendant une heure; j'aime les récits âpres et vrais qui fouillent hardiment en pleine nature humaine, j'aime les audaces de la pensée et les audaces de la forme. »

Pourquoi cette affirmation? D'abord parce que pour lui l'artiste doit vivre passionnément la vie de son temps et s'en faire le chantre. Il faut se rappeler que Zola a été l'ami intime de Cézanne et de tous les peintres impressionnistes dont il a partagé l'existence et les luttes. Ensuite parce que « les niaiseries indécentes tuent parfois une société, les vérités jamais », formule percutante qu'il écrivit dans *La tribune* du 29 novembre 1868. Les mensonges romanesques sont donc, à son avis, nocifs et immoraux. Car, très tôt, il a eu conscience que le romancier peut jouer un rôle actif pour aider à la formation d'une société nouvelle à laquelle il aspire : « Quand une société se putréfie, ajoute-t-il, quand la machine sociale se détraque, le rôle de l'observateur et du penseur est de noter chaque plaie nouvelle, chaque secousse inattendue (...). Nous vivons sur les ruines d'un monde. Notre devoir est d'étudier ces ruines, de les étudier avec franchise, sans peur ni mensonge, pour en tirer les éléments du monde futur. La science nous guide. » Car « c'est de la connaissance seule de la vérité que pourra naître un état social meilleur ». (Notes générales sur la marche de l'œuvre.)

D'où ce vaste projet qu'il conçoit, avec la volonté de se différencier de Balzac [1] : étudier non plus « un cas curieux de physiologie » comme il l'avait fait avec *Thérèse Raquin*, mais les « questions de sang et de milieux » dans une famille qui s'irradie dans toutes les classes de la société du second Empire : *Les Rougon-Macquart, Histoire naturelle et sociale d'une famille sous le second Empire.*

• « *Mon œuvre sera moins sociale que scientifique* »

Il est tout pénétré de la pensée de Taine qu'il a personnellement connu alors qu'il travaillait à la Librairie Hachette et qui lui a révélé Stendhal et Balzac. Il lui a consacré plusieurs articles de journaux et il admire, en particulier, une

1. Une partie de ses réflexions ont pour titre : « Différences entre Balzac et moi. »

théorie qui « pose en principe que les faits intellectuels ne sont que les produits de l'influence sur l'homme de la race, du milieu et du moment [1] ». Probablement poussé par l'ouvrage d'E. Deschanel publié en 1864, *La physiologie des écrivains* [2], il a lu de nombreuses études sur l'hérédité, les dégénérescences, les états de rêve et de folie, la physiologie de l'homme et de l'animal ; en particulier le *Traité sur l'hérédité* du Dr Lucas et l'ouvrage de Charles Letourneau : *Physiologie des passions.*

Au départ donc, Zola se donne deux fils conducteurs : l'influence de l'hérédité sur les membres de la famille qu'il étudie ; l'influence sociale et physique des milieux (époque, lieu de résidence, métier) sur les individus.

Sa méthode, ce sera celle du savant qui constate et explique. « Libre ensuite aux législateurs et aux moralistes, ajoute-t-il, de prendre mon œuvre, d'en tirer des conséquences et de songer à panser les plaies que je montrerai » (Ms 10 345, f° 5).

Le romancier est donc un anatomiste chargé du devoir de stimuler la réflexion du lecteur en lui montrant, sans fard, la vérité. Car la vérité est seule révolutionnaire.

• « *Une œuvre d'art est un coin de la création vu à travers un tempérament* »

Mais, quelque admiratif qu'il soit de la pensée de Taine, Zola fait des réserves sur l'application, à ses yeux trop systématique, que le critique littéraire fait de la théorie des milieux, dans ses ouvrages : trop peu de place y est réservée à la personnalité, au tempérament, qualité essentielle aux yeux de Zola.

Le romancier doit donc avoir l'attitude du savant, de l'expérimentateur, du greffier. Mais il reste un artiste. Et « l'artiste se place devant la nature, il la copie en l'interprétant, il est plus ou moins réel selon ses yeux, en un mot, il a pour mission de nous rendre les objets tels qu'il les voit

1. *Mes Haines*, « M. Taine, artiste », 1866.
2. E. Deschanel, se référant aux théories de Taine, et à de nombreux ouvrages traitant de la physiologie et de l'hérédité que Zola lira à son tour, écrit : « Outre les influences générales du climat, du sol, de la race, il est évident que les influences particulières du sang et de la parenté sont considérables, infinies. Il y a là tout un monde de quasi-fatalités entre-croisées, enchevêtrées, prochaines et lointaines, qui, en dépit des ultra-spiritualistes, tiennent terriblement en échec ce fameux libre arbitre » (p. 126). Phrase que Zola dut méditer.

en s'appuyant sur tel détail, créant à nouveau ». Il ne faut pas oublier cette affirmation fondamentale lorsqu'on étudie Zola. L'œuvre qui se voulait scientifique et impassible, sera, en définitive, celle d'un poète visionnaire où triomphent la passion, le grossissement, la révolte.

Une collaboration régulière de plusieurs années à des journaux républicains (*La Tribune*, 1868-1869 ; *Le Rappel*, 1869-1870 ; *La Cloche*, 1870-1872) contribue, par ailleurs, à le sensibiliser aux problèmes politiques et économiques. De 1868 à 1870, il prend une part active à la lutte contre le régime impérial et dénonce avec violence les inégalités sociales. Aussi, la fresque des *Rougon-Macquart*, conçue d'abord essentiellement comme une étude scientifique fondée sur la physiologie, une histoire *naturelle*, prend-elle une autre dimension : elle devient, au plein sens du terme, une histoire *sociale*.

L'assommoir, le premier grand roman naturaliste, va-t-il être l'illustration de ces idées? Est-ce un document complet et véridique sur les mœurs ouvrières de l'époque? Est-ce une œuvre impassible ou une œuvre engagée? Celle d'un écrivain qui recherche la gloire à tout prix, même par le scandale, comme on le lui a reproché, ou celle d'un grand artiste qui a innové et ouvert des voies au roman moderne? Ce sont quelques-unes des questions que l'on peut se poser à la lecture de l'œuvre.

POURQUOI CE ROMAN ?

Dans la première liste que Zola envoya à l'éditeur Lacroix, au début de 1869, figure, en septième position, un projet de roman ouvrier. « Un roman qui aura pour cadre le monde ouvrier et pour héros Louis Duval, marié à Laure, fille de Bergasse [1]. Peinture d'un ménage d'ouvriers à notre époque. Drame intime et profond de la déchéance du travailleur parisien sous la déplorable influence du milieu des barrières [2] et des cabarets ».

1. Ce sont les premiers noms par lesquels Zola désigne les personnages de la famille des Rougon-Macquart. Il s'agit de Lantier, marié à Gervaise, fille de Macquart.
2. On appelait « barrières » les bureaux où l'on percevait, à l'entrée des villes, des droits d'octroi. Ainsi la barrière d'Enfer, à Paris, constituée par les deux pavillons encore existants Place Denfert-Rochereau. Puis on a désigné par ce terme la zone s'étendant derrière ces pavillons, aux limites de la ville.

• *Un sujet d'actualité*

Le problème ouvrier se posait alors de façon aiguë [1]. Le droit de coalition rétabli en 1864, de très nombreuses grèves éclatèrent dans toute la France et, en particulier, à Paris.

Malgré cela, l'ouvrier n'était guère entré dans la littérature. Balzac n'en avait parlé qu'incidemment. George Sand avait bien introduit des travailleurs dans ses romans, mais sa vision manquait de réalisme. *Les misérables*, parus avec grand succès en 1862, n'étaient pas une peinture de la classe ouvrière. Les Goncourt, dans la préface de *Germinie Lacerteux*, avaient certes souhaité un art nouveau : « Vivant au XIXe siècle, dans un temps de suffrage universel, de démocratie, de libéralisme, nous nous sommes demandé si ce qu'on appelle « les basses classes » n'avait pas le droit au roman, si ce monde sous un monde, le peuple, devait rester sous le coup de l'interdit littéraire et des dédains d'auteurs qui ont fait jusqu'ici le silence sur l'âme et le cœur qu'il peut avoir. » Mais leur roman se bornait à l'étude de leur domestique et d'un cas d'hystérie.

Parallèlement, les peintres qu'aimait et défendait Zola, Courbet, Cézanne, Degas, les impressionnistes, prenaient comme sujets de leurs toiles la vie de tous les jours. Ils peignaient sur le motif les rues de Paris, les gares, les repasseuses, les casseurs de pierres, etc.

A *La Tribune*, journal d'opposition à l'Empire, organe de la bourgeoisie libérale, républicaine et anticléricale, on traitait des problèmes politiques et sociaux du moment. Une rubrique était réservée au mouvement coopératif et aux manifestations ouvrières. Même chose au *Rappel* ou à *La Cloche*. Zola réfléchit à ces questions et en fait le sujet de nombreux articles, de 1868 à 1870.

En songeant ainsi à faire un « roman ouvrier », Zola aborde donc un sujet d'actualité et un domaine de la littérature pratiquement inexploré. Mais c'est aussi - et surtout - une étude à laquelle il a songé depuis des années.

• *Expériences personnelles*

La famille de sa femme était d'origine modeste. Celle de sa mère aussi : les Aubert, écrit Guy Robert, étaient des gens simples, assez désargentés. Un des oncles du romancier

1. Voir la chronologie p. 8 et suiv.

fut, par intermittence, peintre en bâtiment, puis concierge à Paris; sa femme, couturière. Zola songe à eux quand il écrit *L'assommoir*, ainsi qu'à leur fille Anna qui prête des traits à la fille de Gervaise : Anna-Nana.

Plus important : Zola vécut plusieurs années au milieu des petits artisans et des ouvriers, et comme eux. A la mort de son père, en effet, en 1847, il avait sept ans. Mme Zola se trouva sans ressources. La famille dut habiter, à Aix-en-Provence, des domiciles de plus en plus médiocres. La mère et le fils vinrent à Paris en 1858. Ils connurent la vie des modestes garnis du quartier latin ou du quartier Mouffetard, les étages élevés des vastes maisons ouvrières de la rue St-Jacques ou de la barrière d'Enfer. Le jeune homme ne put continuer ses études que grâce à une bourse. Et, après ses échecs au baccalauréat en 1859, il dut les arrêter pour gagner sa vie. Jusqu'à son entrée comme employé à la Librairie Hachette, le 1er mars 1862, et même longtemps après, il connut une vie difficile. Il a fait l'expérience du froid, de la faim, du Mont-de-Piété, des menaces d'expulsion. Et bien des pages de *L'assommoir*, en particulier dans le chapitre x, tireront de ces souvenirs un accent de vérité poignant, celui que l'on trouvait déjà dans certains passages du roman en partie autobiographique : *La confession de Claude*. (Dans cette dernière œuvre, en effet, qui date de 1865, Zola dénonce les histoires fausses des Mimi Pinson et autres Lorettes. Il vient de passer un hiver terrible dans un hôtel meublé sordide de la rue Soufflot; il sait ce qu'est une vraie mansarde et quel avilissement apporte la pauvreté.)

Aussi, dès ses premières œuvres - qu'on lise certains des *Contes à Ninon* - dénonce-t-il l'injustice sociale, la misère, et le luxe insolent qui s'étale dans le Paris d'Haussmann. Il fait souvent entendre la « grande voix du peuple qui a faim de justice et de pain » (*La tribune*, 1868). Et, le 18 octobre 1868, au moment même où il rédige ses notes pour A. Lacroix, il publie un article qui éclaire le projet du roman ouvrier qu'il envisage d'écrire :

« (...) Les ouvriers étouffent dans les quartiers étroits et fangeux où ils sont obligés de s'entasser. Ils habitent les ruelles noires qui avoisinent la rue Saint-Antoine, les trous pestilentiels de la vallée Mouffetard. Ce n'est pas pour eux qu'on assainit la ville; chaque nouveau boulevard qu'on perce les jette en plus grand nombre dans les vieilles maisons des faubourgs. Quand le dimanche vient, ne sachant où aller respirer un peu d'air pur, ils s'attablent au fond des cabarets; la pente est fatale, le travail demande une récréation, et lorsque l'argent manque, lorsque l'horizon est fermé, on prend le plaisir qu'on a sous la main. Mais ouvrez l'horizon, appelez le peuple hors des murs, donnez-lui des fêtes en plein air, et vous le verrez peu à peu quitter les bancs du cabaret pour les tapis d'herbe verte. » (*La tribune*, 11 octobre 1868.)

- *« Le premier roman sur le peuple (...) qui ait l'odeur du peuple »*

Mais il ne traitera pas ce sujet n'importe comment : « La sincérité seule des peintures pourra donner une grande allure à ce roman. On nous a montré jusqu'ici les ouvriers comme les soldats sous un jour complètement faux. Ce serait faire œuvre de courage que de dire la vérité et de réclamer, par l'exposition franche des faits, de l'air, de la lumière et de l'instruction pour les basses classes » (plan remis à Lacroix).

Il refuse donc le prêche, « l'humanitairerie ridicule » de certains démocrates moralisateurs, ceux qu'en 1885 il appellera « les bénisseurs du peuple » et qu'il renvoie aux « rêvasseries humanitaires de 1848 [1] ». Conception ancienne qui était au centre de sa pensée. Dès 1865, il défendait Courbet contre Proudhon, et il refusait une conception qui faisait de l'art une « représentation idéaliste de la nature et de nous-mêmes, en vue du perfectionnement physique et moral de notre espèce [2] ». Il n'y a pas, pour lui, de domaine réservé. Quelles qu'elles soient, il faut attaquer les plaies au fer rouge, celles de la bourgeoisie comme celles du peuple : « Si le peuple est si parfait, si divin, pourquoi vouloir améliorer sa destinée ? Non, il est en bas, dans l'ignorance et dans la boue, et c'est de là qu'on doit travailler à le tirer [1]. »

Projet qu'on n'a pas compris, en particulier à gauche. Une question se pose alors : Zola a-t-il atteint le but qu'il se proposait en 1875, avant d'écrire le roman : « Une réalité *absolument exacte* (c'est lui qui souligne). Au bout, la morale se dégageant elle-même » ?

1. Lettre à Georges Montorgueil, 8 mars 1885.
2. *Le salut public*, 26 juillet et 31 août.

La condition ouvrière en France dans la seconde moitié du XIXe siècle[1]

2

LA SOCIÉTÉ INDUSTRIELLE

La seconde moitié du XIXe siècle a été marquée par de profondes mutations dans la condition ouvrière. Les paysans constituent encore la partie la plus importante de la population, bien que leur nombre commence à décroître assez rapidement; et il existe toujours de nombreux artisans, même dans les villes. Mais usines, manufactures, mines, emploient de plus en plus d'ouvriers. A Paris, le nombre des établissements industriels équipés à la vapeur passe de 6 543 en 1852 à 22 851 en 1870. Le Guide Joanne[2] de 1889 en dénombre 75 000; ils occupent 43 000 employés, 500 000 ouvriers et ouvrières. Cette évolution est particulièrement rapide dans les régions du Nord et du Nord-Est, de Lyon-Saint-Étienne, du Centre, et surtout dans la région parisienne. A Paris, de surcroît, les grands travaux d'urbanisme vont occuper, à partir de 1863, 60 000 ouvriers sous la direction de 1 500 architectes.

Ces régions deviennent des pôles d'attraction pour une main-d'œuvre jeune, émigrant des campagnes d'autant plus facilement qu'une qualification ouvrière devient de moins en moins indispensable. Le compagnonnage décline rapidement. L'enseignement technique n'est pas encore ouvert. Chaque entreprise recrute ses ouvriers et les forme.

1. Voir en particulier : G. Duveau, *La vie ouvrière en France sous le Second Empire* (Gallimard, 1946) et G. Allem, *La vie quotidienne sous le Second Empire* (Hachette, 1948).
2. Adolphe Joanne (1813-1881) écrivit une série de guides sur la France et sur l'étranger, contenant de nombreux renseignements historiques, archéologiques et touristiques. Publiés chez Hachette.

CONDITIONS DU TRAVAIL

Légalement la durée de la journée de travail est de 11 heures à Paris et de 12 heures en province. Mais elle peut aller jusqu'à 13, 14 et même 16 heures. Les conditions en sont telles que la durée de vie décroît de façon significative selon les métiers :

en moyenne, 59 ans pour les cultivateurs,
42 ans pour les passementiers,
37 ans pour les mineurs.
(Statistiques du département de la Loire.)

La possession d'un livret de travail [1] est théoriquement obligatoire, la discipline des ateliers est rude, les mortes-saisons et les chômages ne sont pas payés.

LES SALAIRES

En moyenne, à Paris :

en 1853 : 3,81 francs par jour,
en 1871 : 4,98 francs par jour.
Quelques salaires en 1860 :

Hommes	salaire journalier	temps annuel de chômage non payé
mécanicien	5 à 6,50 fr.	3 mois
charpentier tailleur de pierres	5,50 à 6 fr.	4 mois
tailleurs	4 à 5 fr.	4 mois
peintres en bâtiment	4,50 à 5 fr.	5 mois
cordonniers	3 à 3,50 fr.	2 à 3 mois

Femmes : en règle générale, l'ouvrière a un salaire inférieur de moitié à celui de l'ouvrier, même lorsqu'elle fournit un travail absolument équivalent.

Salaire moyen journalier :

dentelière	1,71 fr.
fleuriste	1,70 fr.
blanchisseuse	1,50 fr.
lingère	1,29 fr.

1. Petit cahier coté et paraphé par le commissaire de police ou le maire, que l'ouvrier doit faire viser à chaque changement de domicile; l'employeur en a la garde et l'ouvrier ne peut changer d'employeur sans présenter ce livret. Définitivement supprimé en 1890.

Pendant le Second Empire, ces salaires augmentent, mais les prix montent aussi. De sorte que les familles ont de grandes difficultés pour équilibrer leur budget.

QUELQUES PRIX

De 1850 à 1870,

la livre de viande passe	de 49 à 68 centimes
le litre de vin	de 59 à 83 c.
la livre de beurre	de 56 à 77 c.
la livre de fromage	de 63 à 83 c.
2 kg de pain	de 52 à 74 c.
1 kg de sucre	de 65 à 80 c.

en 1869,

1 décalitre de pommes de terre vaut 1,50 fr.
1 douzaine d'œufs — —

prix des repas au restaurant ou à la gargote (de très nombreux ouvriers, vivant en garni, mangeaient dans des gargotes, chez des marchands de bouillon...) :

restaurant convenable	de 2 à 4 fr.
restaurant très médiocre	de 80 c. à 1 fr.

prix de quelques plats dans un restaurant du boulevard du Temple, en 1869 :

bouillon	15 c.	légumes	20 c.
bœuf	25 c.	salade	20 c.
veau, gigot	40 c.	1 l de vin	80 c.

Aussi le niveau de vie est-il très bas. Et si, sur les 416 000 ouvriers que compte Paris en 1860, 120 000 peuvent épargner, 200 à 250 000 empruntent au Mont-de-Piété. Plus de la moitié des ouvriers est endettée, affirme G. Duveau. Un quart seulement équilibrent leur budget.

L'HABITAT

Le logement des ouvriers reste généralement pauvre, voire misérable, non seulement dans les corons [1] des centres miniers ou dans les cités ouvrières juxtaposées aux grandes usines, mais plus particulièrement à Paris.

1. Maison d'habitation de mineurs.

Les grands travaux d'Haussmann ont eu pour conséquence une montée des prix des loyers. En effet, on a plus démoli que construit; et les logements que l'on construisait, en général plus vastes et plus confortables que ceux qu'on abattait, ne pouvaient plus être payés par les ouvriers. Sans aller jusqu'à affirmer, comme le fait P. Leroy-Beaulieu, qu'alors se juxtaposèrent deux villes : la ville de luxe et la ville de pauvreté (car les registres du cadastre de l'époque montrent que, dans de nombreuses rues, et même dans de nombreuses maisons [1], se côtoyaient encore bourgeois et ouvriers), on constate un double mouvement de population : les bourgeois quittent les banlieues pour venir se fixer dans les nouveaux quartiers élégants de Paris; par contre, les ouvriers sont contraints de refluer à la périphérie (ainsi tous ceux qui habitaient les quartiers du centre et les abords de l'Hôtel de Ville [2]).

Dans les grandes maisons qu'on bâtit pour eux, ils s'entassent sans confort, dans des pièces dont le loyer coûte cher.

Quelques prix de loyers annuels relevés sur les calepins cadastraux :

Rue Saint-Jacques (cadastre de 1862)
- dans un immeuble « dans le plus grand état de dégradation »,
- une pièce à feu au 6e étage : 50 fr.
- un cabinet sans feu au 6e étage : 40 fr.

Rue de la Goutte-d'Or (cadastre de 1862)
- une pièce sans feu sur rue : 100 fr.
- une pièce à feu sur rue : 160 fr.
- petits appartements 2 pièces-cuisine : 200 à 250 fr.
- cabinet noir (c'est-à-dire sans fenêtre) garni au 1er étage : 40 fr.

Rue Saint-Georges :
- maison bourgeoise avec jardin, habitée par É. Zola pendant la composition de *L'assommoir*, 1 500 puis 1 640 fr.

1. Voir la maison que décrit Zola dans *Pot-Bouille*.
2. Furent ouverts, en 1858, le boulevard Sébastopol, les rues Turbigo, Réaumur, Étienne Marcel... L'Ile de la Cité fut transformée de 1863 à 1867...

LA VIE

Étant données la durée de la journée de travail et la longueur des trajets auxquels ils sont souvent astreints, les ouvriers ont peu de loisirs. Le dimanche, ils vont dans les cafés-concerts, les bals populaires, les guinguettes, où ils se rassemblent souvent par profession. Si l'entrée du Bal Mabille, aux Champs-Élysées, était de 3,50 fr. en 1862, pour les messieurs, elle n'était que de 7 sous au Bal Perron, place du Trône. Ils se promènent aussi sur les boulevards, vont jusqu'aux fortifications (qu'ont remplacées, de nos jours, les Boulevards des Maréchaux), ou, plus rarement, « aux champs » dans la plaine de Montrouge, d'Arcueil à Vanves, à Vitry, Fontenay-aux-Roses ou dans les Bois de Verrières...

Malgré le recul relatif de l'analphabétisme et le développement des journaux à bon marché et des livraisons à 5 ou 10 centimes, ils lisent peu, à l'exception toutefois des artisans. Par contre, la petitesse des logements, la promiscuité, la misère, les poussent trop souvent vers l'alcoolisme qui fait de sérieux progrès. Vers 1860, il y avait en France un cabaret pour 80 habitants. Selon Maxime du Camp, cité par M. Allem, on comptait à Paris 180 cafés, 235 bals publics, près de 25 000 débits de boisson avec 7 226 billards. On ne peut pas cependant affirmer, comme lui, que pas un ouvrier sur mille ne manquerait, avant d'aller au travail, d'entrer dans un « assommoir ». Le nombre de ceux qui épargnent « nous invite, écrit G. Duveau, à utiliser avec précaution l'abondante littérature qui présente l'ouvrier parisien comme un fantaisiste, comme un bohème, incapable de garder un sou dans sa poche ». Néanmoins l'alcoolisme est un des maux les plus graves de l'époque.

Par ailleurs, la précarité de leur vie a répandu chez les ouvriers le concubinage. Et de nombreuses ouvrières, pour compléter un salaire misérable, et parce qu'elles y sont entraînées dans leur atelier, se livrent à la prostitution.

Toutefois, les conditions de vie sont extrêmement variables selon les régions et selon les catégories. Ainsi les artisans parisiens, encore très nombreux, assez instruits et ouverts, ont un niveau de vie en général meilleur que celui du prolétariat de l'industrie moderne, qui commence à se développer.

Pour conclure, nous citerons G. Duveau [1] :

« Sous le règne de Napoléon III, deux faits d'ordre général et d'une très grande importance créent un climat social qui rend chaque jour plus sensible à l'ouvrier la séparation des classes. D'une part, le rôle que tient l'argent dans la cité apparaît primordial. De l'autre, le capitalisme, en se développant sur une vaste échelle, prend un aspect menaçant pour l'ouvrier. Celui-ci peut de moins en moins envisager la perspective de devenir un jour patron; la perfection même du nouveau système économique le fige dans une condition sociale dont il peut difficilement s'évader. Sous l'ancien régime, un ensemble de liens - traditions religieuses, féodales, corporatives, compagnonniques - unissaient les hommes; le fossé que peut creuser la différence de situation de fortune ne se présentait pas béant et infranchissable à chaque détour de l'existence. Le capitalisme détruit les uns après les autres tous ces liens. Les relations directes entre patrons et ouvriers se raréfient. Comme l'écrit en 1863 d'une plume désenchantée le menuisier Agricol Perdiguier, si les ouvriers, en donnant leurs bals, font encore danser les patrons, les patrons ne font plus danser les ouvriers [2]. L'homme mesure de plus en plus le cercle de son univers avec l'argent dont il dispose; la plupart des rapports sociaux sont fixés par un intérêt matériel brutal excluant toute chaleur, toute poésie. (...)

D'après l'enquête faite en 1872 sur les conditions du travail en France, 80 % des patrons sont d'anciens ouvriers, 15 % sont des fils d'ouvriers [3]. Mais justement, sous le règne de Napoléon III, nous avons affaire à la dernière génération patronale qui soit d'origine populaire; l'ouvrier a le sentiment qu'il ne connaîtra plus, que ses fils ne connaîtront plus les conjonctures économiques qui ont fait, vingt ou trente ans plus tôt, l'heureuse fortune de son patron. Les classes sociales deviennent plus étanches, le capitalisme a acquis, de par son ampleur même, une raideur qui rend de plus en plus difficile l'accès de l'ouvrier à la situation de grand patron. »

1. *La vie ouvrière en France sous le Second Empire*, op. cit., p. 414-415.
2. Agricol Perdiguier, *Question vitale sur le compagnonnage et la classe ouvrière*, p. 119.
3. Enquête 1872, *J.O.*, 19 novembre 1875, p. 9466.

3 Analyse du roman

Dans le dossier préparatoire[1] qu'il a, selon ses habitudes, constitué avant d'écrire le roman, Zola indique nettement ses buts :

« Le roman est la déchéance de Gervaise et de Coupeau, celui-ci entraînant celle-là, dans le milieu ouvrier. Expliquer les mœurs du peuple, les vices, les chutes, la laideur physique et morale, par ce milieu, par la condition faite à l'ouvrier dans notre société » (f° 1).

Il va donc orchestrer essentiellement trois grands thèmes :

- *le milieu ouvrier :*
  - conditions de vie; problèmes de la famille, de l'éducation des enfants; mœurs; psychologie, etc... (Co);
  - le travail : description des métiers, conditions du travail, salaires, rapports patrons-ouvriers, etc... (Tr.)
- *l'alcoolisme* (Al).
- *la déchéance de Coupeau et de Gervaise* (Dé).

Pour aider à une étude et à une lecture rapide de l'œuvre, nous donnons comme repères un titre à chacun des chapitres et nous en faisons une analyse très schématique. Nous indiquons entre parenthèses le numéro du ou des thèmes essentiels qui y sont traités : sigles (Co), (Tr), (Al), (Dé). Nous mentionnons aussi par le sigle (Ro) les chapitres qui sont plus particulièrement révélateurs de l'art du romancier.

1. Voir p. 37.

Chapitre I

L'abandon de Gervaise (Co, Tr, Ro)
p. 19 à 51 = 33 pages

Mai 1850 : Gervaise a vainement attendu toute la nuit Auguste Lantier, le père de ses enfants, avec lequel elle vit depuis quinze jours à l'hôtel Boncœur. Ils viennent d'arriver de Plassans (Aix-en-Provence). Description de la vie des ouvriers en garni, et, plus généralement, de celle du quartier ouvrier de la Goutte-d'Or.

Lantier revient enfin. Une querelle brutale éclate. Reproches mutuels sur le passé et le présent devant les enfants apeurés. Le jeune homme envoie Gervaise porter leurs dernières nippes au Mont-de-Piété et empoche les cent sous qu'elle a obtenus.

Gervaise part au lavoir. Description du bâtiment et du travail des laveuses. La jeune femme, tout en lavant son linge, parle à Mme Boche, concierge d'une maison voisine, de son passé, et de ses rapports avec Lantier.

Les deux enfants du couple, Claude et Étienne, viennent annoncer à leur mère que leur père est parti. Désespoir de Gervaise. Virginie, la sœur d'Adèle avec laquelle Lantier s'en est allé, la nargue. Bataille entre les deux femmes qui se termine par une fessée que Gervaise administre à Virginie à grands coups de battoir.

Dernière image du chapitre : Gervaise se retrouve seule à Paris, abandonnée avec ses enfants, sans argent, sans meubles, sans habits, sans même les reconnaissances du Mont-de-Piété que Lantier a emportées.

Chapitre II

L'idylle de Gervaise et de Coupeau
p. 52 à 85 = 34 pages

Trois semaines plus tard, Gervaise travaille, depuis quinze jours, comme blanchisseuse chez Mme Fauconnier. C'est une bonne ouvrière, très courageuse et jolie. Un ouvrier zingueur, Coupeau, l'invite à prendre une prune à l'Assommoir, le cabaret du père Colombe.

La rue à 11 h 30, au moment de la pause du déjeuner.

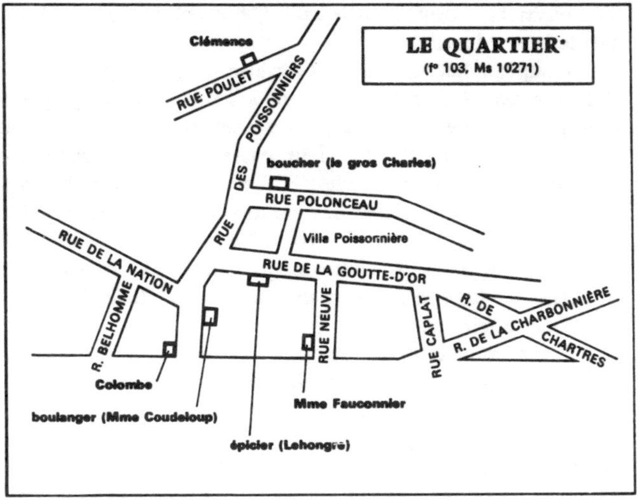

LE QUARTIER*
(f° 103, Ms 10271)

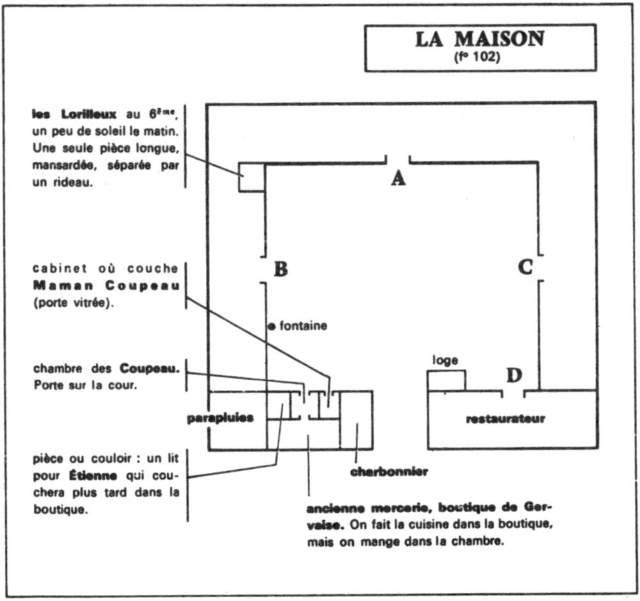

LA MAISON
(f° 102)

Des ouvriers entrent dans le café. Deux « sublimes [1] » : Bibi-la-Grillade et Mes-Bottes.

Coupeau fait la cour à Gervaise qui, se rappelant son aventure avec Lantier et songeant à ses deux enfants qu'elle doit élever seule désormais, refuse ses avances. Tous deux parlent de leur famille et de leur passé (hérédité alcoolique). Gervaise dit son rêve de vie : « Travailler, manger du pain, avoir un trou à soi, élever ses enfants, mourir dans son lit », et ne pas être battue (p. 62). Mais elle insiste sur sa faiblesse, trait essentiel de sa psychologie sur lequel Zola revient trois fois dans le chapitre : ce sera une des raisons de la déchéance de la jeune femme.

Elle accompagne Coupeau qui doit passer chez son beau-frère et sa sœur, les Lorilleux, rue de la Goutte-d'Or. Description de la grande maison ouvrière.

A la fin de juin, Coupeau, qui ne supporte plus ses refus, lui propose le mariage. Elle finit par accepter. Il veut la présenter aux Lorilleux qui habitent au 6e étage dans la cour. Description de l'intérieur de la maison. Un ménage de petits artisans besogneux, méchants et cancaniers : ragots sur les autres locataires; description de leur travail de chaînistes.

Les Lorilleux effraient Gervaise. Bien que la noce soit fixée au 29 juillet et que son avenir semble heureux, elle quitte la maison avec une certaine angoisse : peur d'elle-même, peur des Lorilleux et de leur influence sur Coupeau, peur aussi de la maison...

Chapitre III

Une noce en « milieu ouvrier » (Co, Ro)
p. 86 à 122 = 37 pages

Samedi 29 juillet. Les préparatifs : Gervaise et Coupeau, voulant être « propres », doivent trouver de l'argent (travail supplémentaire, emprunts). Les quinze invités : chacun paiera son écot de 5 francs.

Malgré l'anticléricalisme de Coupeau, le mariage a lieu à l'église car « un mariage sans messe, on avait beau dire, ce n'était pas un mariage ».

1. Voir lexique, p. 73.

Le repas étant prévu pour 18 h, la noce échoue au Louvre. Récit burlesque des déambulations de ce cortège endimanché et exténué à travers les salles du musée. Puis, après une halte sous le Pont-Royal - parodie d'une partie de campagne - les invités montent au sommet de la colonne Vendôme.

Le soir, grosse ripaille. Quelques discussions politiques mais qui tournent vite à l'aigre. « Querelle formidable » au moment des comptes. Mme Lorilleux, qui, toute la journée, a été très désagréable et plus spécialement méchante à l'égard de Gervaise, fait un esclandre et quitte l'auberge avec son mari.

Les mariés les raccompagnent. La joie de Gervaise, qui était déjà ennuyée par la façon dont s'est terminé le repas, est définitivement gâtée : elle apprend le surnom que lui a donné, à cause de sa claudication, Mme Lorilleux : « La Banban ». Le père Bazouge, un croque-mort ivre, qui habite la grande maison, la prend à partie : « Ça ne vous empêchera pas d'y passer, ma petite... Vous serez peut-être bien contente d'y passer, un jour... » Phrase prémonitoire qui reviendra, dans le roman, comme un leitmotiv.

Chapitre IV

L'accident de Coupeau (Co, Tr, Dé)
p. 123 à 157 = 35 pages

Quatre années de dur travail donnent à Gervaise et à Coupeau une certaine aisance. Ils mènent, comme leurs voisins, les Goujet, une vie de « bons ouvriers ». Ils ont une fille, Anna, Nana. Gervaise va réaliser son rêve : louer une boutique pour s'installer comme blanchisseuse à son compte, lorsque Coupeau, dont Zola décrit le métier, tombe d'un toit et se casse une jambe. Sa maladie mange toutes les économies du ménage.

Autres conséquences de l'accident : pendant sa longue convalescence, Coupeau a pris goût à la paresse et au vin. Il a désormais peur de monter sur les toits et il garde une sourde rancœur contre l'injustice du sort. Les Lorilleux l'excitent contre Gervaise et contre Étienne qu'il se met à battre.

Toutefois, Goujet prête à la jeune femme l'argent nécessaire pour louer la boutique, malgré les sombres prédictions de sa mère : « Coupeau tournait mal, Coupeau lui mangerait sa boutique. »

Chapitre V

La boutique (Co, Tr, Al, Dé)
p. 158 à 197 = 40 pages

1855 : joie de Gervaise « propriétaire ». A vingt-huit ans, tout semble lui sourire : elle a une belle boutique, de nombreuses pratiques (description du travail des blanchisseuses), elle est jolie et courageuse.

Mais Coupeau, qui a repris son travail, boit de plus en plus, et Gervaise l'excuse, « habituée déjà à ses bordées », « ne voyant déjà plus de mal à ce qu'il pinçât, chez elle, les hanches des filles ». Elle devient elle-même gourmande.

Très bonne, elle prend chez elle Maman Coupeau, incapable de travailler et sans ressources. Quelques aperçus sur la vie de la maison et en particulier sur les bandes d'enfants que dirige Nana, déjà vicieuse.

Les Lorilleux jalousent le succès de Gervaise, mais le quartier l'estime pour son honnêteté et sa gentillesse. Trois ans passent vite.

Chapitre VI

L'idylle de Gervaise et de Goujet (Tr, Al, Dé)
p. 198 à 235 = 38 pages

Sous prétexte de voir son fils Étienne, douze ans, qui travaille avec lui, Gervaise va voir Goujet dans sa fabrique de boulons. Description de la rue Marcadet bordée de manufactures et d'usines. La forge, le travail des ouvriers, les problèmes posés par la mécanisation.

Gervaise ne rembourse plus les Goujet; elle leur fait même de nouveaux emprunts. « Elle engraissait, elle cédait à tous les petits abandons de son embonpoint naissant, n'ayant plus la force de s'effrayer en songeant à l'avenir » (p. 212). Elle aime paresser.

Elle rencontre Virginie, « la fille dont elle avait retroussé les jupes ». Cette dernière, qui devient son amie, lui parle souvent de Lantier. Gervaise pense à nouveau à ce passé qu'elle avait oublié. Elle a peur de sa faiblesse; elle ne trouve sa tranquillité qu'auprès de Goujet.

Elle recueille, dans sa boutique, les jours de neige, le père Bru : vie de ces vieux ouvriers qui ne peuvent plus travailler et qui n'ont ni ressources, ni famille (cf. Maman Coupeau).

Dernière image du chapitre : Bijard, ivre mort, assomme sa femme, tandis que Coupeau, qui s'est lui aussi mis à boire de l'eau-de-vie, menace Gervaise. Angoisse de la jeune femme devant l'avenir.

Chapitre VII

Lantier revient (Co, Dé, Ro)
p. 236 à 280 = 45 pages

Une des dernières belles journées du ménage : c'est le 19 juin, jour de la fête de Gervaise. « Dès qu'on avait quatre sous, dans le ménage, on les bouffait. On inventait des saints sur l'almanach, histoire de se donner des prétextes de gueuletons » (p. 236). Coupeau buvant de plus en plus, Gervaise se laisse aller à la gourmandise et à la paresse, « puisque l'argent filait quand même ».

Quatorze convives font une grosse ripaille dans la boutique. Lantier paraît au milieu des chansons, au dessert, probablement amené par Virginie, qui joue un rôle équivoque dans ce retour. Après un coup de colère, Coupeau finit par l'introduire lui-même dans la maison et le fait asseoir parmi les convives, dans l'indulgence générale.

Chapitre VIII

Lantier « mène la baraque » (Al, Dé)
p. 281 à 324 = 44 pages

Lantier, type d'ouvrier beau parleur et roublard, revient souvent, séduit le zingueur et tout le quartier, y compris les Lorilleux. Gervaise est inquiète : « Elle restait trop pleine de lui » (Zola développe la thèse qu'il avait déjà illustrée dans

Madeleine Férat : une femme ne peut pas oublier le premier homme qu'elle a connu). A l'instigation de Coupeau, il finit par habiter le foyer où il prend la première place. Mais, loin de payer sa pension, il se fait, comme le zingueur, entretenir par Gervaise. Cette dernière s'endette, la boutique périclite, les deux hommes la mangent. Poussé par Lantier, Coupeau se débauche de plus en plus et devient ignoble. Goujet, toujours amoureux de Gervaise, lui propose de partir avec lui. Elle refuse en lui promettant de ne pas reprendre Lantier comme amant, bien que le quartier et surtout Virginie l'y poussent. Mais un jour que son mari rentre plus ivre que de coutume, après deux jours de bordée, elle va coucher dans la chambre de Lantier, sous les yeux de Nana. Le ménage à trois commence.

Chapitre IX

Le « nettoyage de la boutique » (Co, Dé)
p. 325 à 370 = 46 pages

Le quartier, sur les racontars de Maman Coupeau et des Lorilleux, critique violemment Gervaise de sa conduite, tout en excusant Lantier. Mécontente de son travail, Mme Goujet lui retire sa pratique; toutes les clientes s'en vont une à une. Pourtant, « au milieu de cette indignation publique, Gervaise vivait tranquille, lasse et un peu endormie (...) ses paresses l'amollissaient, son besoin d'être heureuse lui faisait tirer tout le bonheur possible de ses embêtements » (p. 328). Déchéance morale qu'accompagne une déchéance physique : Gervaise, devenue de plus en plus paresseuse, ne se lave même plus, la boutique est envahie par la crasse. Il n'y a plus d'argent. Lantier se cherche un autre gîte. A l'enterrement de Maman Coupeau que le père Bazouge (le croque-mort) emporte, Goujet rompt définitivement avec Gervaise qui, désespérée, se laisse faire : elle abandonne sa boutique à Virginie Poisson, que Lantier courtise, et dont il sera désormais le « pensionnaire ».

Chapitre X

Une « existence enragée par la misère » (Co, Al, Dé)
p. 371 à 413 = 43 pages

Les Coupeau vivent désormais « sous les toits, dans le coin des pouilleux, dans le trou le plus sale » (p. 302). Malgré quelques périodes de répit, ils ne cessent de s'enfoncer dans la misère et dans la débauche, tandis que Lantier « mange » la boutique de Virginie.

Nana a treize ans; elle fait sa communion. « Ce fut là le dernier beau jour du ménage. » L'hiver est terrible chez les Coupeau comme dans toute la maison ouvrière : faim, froid, menace d'expulsion, dissolution des familles. Certains cherchent dans le vol ou la prostitution un expédient.

Malgré sa détresse - si grande qu'elle a un jour la tentation de demander au père Bazouge de l'emporter - Gervaise plaint le père Bru qui meurt de faim et de froid et la petite Lalie Bijard qui, après sa mère, succombe sous les odieux sévices que lui inflige son père, fou d'alcool.

Coupeau fait un premier séjour à l'Hôpital Sainte-Anne. Mais il ne peut pas résister, à sa sortie, à la tentation de l'alcool. Et Gervaise, qui « avait rêvé de nouveau une vie honnête », est désespérée. Les deux époux en arrivent à se battre. Ils vivent dans la crasse. Gervaise, à son tour, se met à boire de l'eau-de-vie.

Chapitre XI

Nana (Co, Tr, Al, Dé, Ro)
p. 414 à 460 = 47 pages

A 13 ans, Nana entre en apprentissage comme fleuriste. Pour cette belle fille, aguichante et coquette, l'atelier est, après la rue, une école du vice. Chez elle, ce sont la faim, le froid, les coups, des parents ivres, l'injustice aussi. La promiscuité et la misère la poussent à se sauver, un soir qu'elle trouve ses parents dans un « état abominable ». Elle reviendra et repartira plusieurs fois, pour quitter définitivement la rue de la Goutte-d'Or, un soir d'hiver. Elle deviendra la « lionne » que Zola décrit dans le roman qui porte son nom.

Coupeau, qui, en trois ans, a fait sept séjours à Sainte-

Anne, est, à 40 ans, dans un état physique et psychique lamentable. Gervaise, accablée par le départ de sa fille, devient elle aussi une loque. Chassée de toutes les places, elle en est réduite à laver le plancher de son ancienne boutique sous les yeux de Virginie et de Lantier qui, gros et gras, a déjà presque « nettoyé le commerce des Poisson ».

Chapitre XII

La faim (Co, Dé, Ro)
p. 461 à 498 = 38 pages

Les Coupeau ont tout vendu. Ils n'ont plus qu'un tas de paille comme lit. Gervaise en est réduite à faire les poubelles, à quémander les restes. Un samedi soir de neige, alors qu'elle n'a pas mangé depuis plusieurs jours et que les Lorilleux lui refusent quelques sous, elle essaie de mendier et se mêle, sans succès, aux nombreuses prostituées des boulevards. Seul Goujet s'arrête : il l'emmène chez lui et lui donne à manger. Gervaise, pleine de honte et découragée, souhaite le sort de Lalie Bijard et demande à Bazouge de l'emporter.

Chapitre XIII

Épilogue (Dé, Ro)
p. 499 à 518 = 20 pages

1868 : Coupeau meurt à l'Hôpital Sainte-Anne dans des crises de delirium tremens auxquelles assiste sa femme.

Gervaise, à demi hébétée, précocement vieillie et difforme, tombe aux dernières avanies pour gagner quelques sous qu'elle boit aussitôt. Expulsée de sa chambre dont elle ne peut plus payer le loyer, elle succède au père Bru dans la niche, sous l'escalier. On la trouve morte, un jour de 1869. Le père Bazouge l'emporte enfin.

Pendant ce temps, Lantier, qui a croqué la boutique de Virginie, « tournait autour de la fille du restaurant d'à côté, une femme magnifique, qui parlait de s'établir tripière » (p. 510).

« Un tableau exact de la vie du peuple »? 4

Zola reprend son projet de « roman ouvrier » en 1875. Jusque-là, il s'est borné à conserver quelques coupures de journaux :
- un article de Francisque Sarcey réfutant l'idée que le peuple de Paris n'est composé que de bons ouvriers, travailleurs, honnêtes, consciencieux et dignes de figurer dans *La Morale en action* ; pour Sarcey, il existe en réalité beaucoup plus de « rigoleurs » et de « dépensiers » qu'on ne le dit ;
- deux faits divers dans lesquels deux enfants sont victimes de leurs pères alcooliques (l'histoire de Lalie Bijard est directement tirée de l'un d'eux).

Zola a aussi posé le personnage de Gervaise, dans *La fortune des Rougon*, en 1869. De ce point de vue, *L'assommoir* sera la suite immédiate du premier roman de la série.

MÉTHODE DE TRAVAIL

Il existe une légende tenace : Zola, croit-on, bâtit ses romans à coups de fiches, après avoir rassemblé sur un thème donné une rapide documentation pseudo-scientifique. Qui ne sait en effet qu'il est descendu dans une mine avant d'écrire *Germinal*, qu'il est monté sur une locomotive avant de composer *La bête humaine*, qu'il a compilé de nombreux ouvrages sur telle ou telle question, et qu'il a plagié *Le sublime* [1] pour écrire *L'assommoir?*

En fait, il s'agit là de jugements sommaires, fondés sur une connaissance incomplète des dossiers préparatoires des œuvres. Pour chaque roman, en effet, Zola ouvrait ce qu'il

1. Voir p. 41.

appelait un « dossier préparatoire ». On peut y suivre la genèse de l'œuvre. Car il pensait par écrit, et nous connaissons ainsi ses raisonnements, ses buts, ses remords...

L'ébauche de *L'assommoir* est nette : « Le roman doit être ceci : montrer le milieu peuple et expliquer par ce milieu les mœurs du peuple; comme quoi, à Paris, la soûlerie, la débandade de la famille, les coups, l'acceptation de toutes les hontes et de toutes les misères, vient *(sic)* des conditions mêmes de l'existence ouvrière, de travaux durs, des promiscuités, des laisser-aller... » « Ma Gervaise Macquart doit être l'héroïne (...) Je prends Gervaise à Paris à 22 ans (en 1850) et je la conduis jusqu'en 1869, à 41 ans. Je la fais passer par toutes les crises et toutes les hontes imaginables (...) Je la montre mourant à 41 ans épuisée de travail et de misère » (Ms 10271, f° 158 et suiv.). L'écrivain prévoit alors de donner comme titre au roman : « La simple vie de Gervaise Coupeau. »

« L'essentiel de l'intrigue était déterminé, et les personnages avaient déjà leurs traits, on le constate une fois de plus, avant la mise en train du travail de documentation » conclut H. Mitterand [1].

Tous les romans de Zola se nourrissent en effet, beaucoup plus qu'on ne le pense, de toute sa vie : expériences multiples, conversations, lectures anciennes, etc..., remontent à la surface au moment de la composition, sans passer par les dossiers préparatoires. Cette symbiose entre la vie, l'œuvre du journaliste et l'œuvre du romancier, est très importante pour *L'assommoir* et elle lui donne son accent particulier.

LA DOCUMENTATION ET SON UTILISATION

Les documents que Zola a rassemblés pour écrire ce roman sont peu nombreux si on pense aux recherches qu'il a pu entreprendre pour d'autres œuvres. Il a réuni en effet environ 75 feuillets de notes, contre une centaine pour *Son Excellence Eugène Rougon* ou *Nana*, près de 300 pour *Au bonheur des dames* et 340 pour le deuxième roman ouvrier, *Germinal*.

1. Pour le détail de l'étude de ce dossier préparatoire et de sa genèse, consulter les notes qu'H. Mitterand a jointes à son édition du roman dans la collection de la Pléiade.

Il est intéressant d'étudier cette documentation puisque surtout dans un roman sur la classe ouvrière, donc à incidences politiques, le choix qui est fait trahit les intentions de l'auteur. Qu'il n'ait gardé de tous les articles qu'il a pu lire entre 1869 et 1875 que les trois dont nous avons parlé, est déjà révélateur. On comprend assez facilement qu'il ait conservé les deux faits divers : ils sont saisissants, ils ont dû choquer sa sensibilité et frapper son goût romantique de la « scène à faire », surtout qu'il trouvait ces exemples dans la réalité ! Par contre, on peut se demander pourquoi il a découpé l'article de Francisque Sarcey dont l'idéologie est réactionnaire. Qu'on en juge par la conclusion : (les ouvriers) « trouvent qu'on ne fait pas assez pour eux; et ces plaintes sont fondées en partie. Mais peut-être devraient-ils s'aider un peu eux-mêmes. Peut-être feraient-ils bien d'emprunter à ceux qu'ils appellent les bourgeois leur esprit d'économie, leur patience au travail, et les qualités domestiques qui leur font trop souvent défaut ».

Zola ne retint pas cette conclusion, même s'il garda l'idée générale de l'article : « La plupart des ouvriers sont des rigoleurs, et quand ils ont 20 F en poche, ils n'ont rien de plus pressé que de festoyer jusqu'à la complète extermination de la pièce jaune » (voir *L'assommoir*, p. 233, etc...). Il fut plus sensible certainement à la condamnation que faisait Sarcey d'une vision trop idéaliste de la classe ouvrière et aux exemples qu'il donnait. Zola y trouva en effet des scènes pittoresques qu'il utilisa dans un esprit tout à fait différent, parce que, certainement, Sarcey les présentait comme des choses qu'il avait vues et vécues (ainsi l'épisode des peintres travaillant dans la boutique de Gervaise).

En 1875, il rassemble :

1° des notes prises sur des ouvrages médicaux étudiant les méfaits de l'alcoolisme sur l'organisme humain; il se servira, en particulier, presque textuellement, pour la maladie et la mort de Coupeau, d'observations faites par le docteur V. Magnan à Sainte-Anne;

2° des listes de mots (plusieurs centaines) qu'il recopie dans le *Dictionnaire de la langue verte*, d'Alfred Delvau, et qu'il utilisera en grande partie, systématiquement, rayant au fur et à mesure ceux qu'il a employés [1];

1. Voir lexique, p. 73.

3° une documentation technique très précise concernant les métiers qu'il décrit : fleuriste, blanchisseuse, couvreur, boulonnier, chaîniste, laveuse. De ce point de vue, Zola nous donne un document excellent sur la vie ouvrière de l'époque (outils, prix, salaires, conditions de travail...) que les historiens et d'autres sources confirment;
4° des notes qu'il a prises lui-même au cours de promenades dans le quartier de la Goutte-d'Or et qui sont comme les carnets d'esquisses que remplissent les peintres sur le motif. Ces notes passeront presque textuellement dans le roman et restituent avec vérité et acuité la vie et la forme de ce quartier (ex. : p. 22, 24, 55; etc...). Mais il faut remarquer une fois encore que dans ces descriptions le réel est trié, interprété, organisé et transposé dès qu'il est regardé avec une intuition étonnante; ce que Zola retient de la rue Neuve de la Goutte-d'Or, ce sont « des boutiques noires », des « épiceries borgnes », des « cours puantes » et un arbre, l'arbre de Gervaise (p. 127) qui devient, dès les carnets préparatoires, un symbole : « l'arbre (un acacia) avançant dans la rue, la gaieté de la rue » (f° 105). Autre exemple plus caractéristique : dans la rue de la Goutte-d'Or, il voit, à côté d'une maréchalerie, la boutique d'un horloger; il est frappé par « le petit établi tout plein d'outils mignons et de choses délicates sous des verres ». Immédiatement ce réel devient symbole : « l'image de la fragilité au milieu du vacarme et des secousses de la rue populacière ». De la même façon, il insiste, dans sa description de la grande maison, sur certains détails : ceux qui lui semblent caractériser la condition ouvrière et qui lui ont fait choisir d'ailleurs cette maison parmi tant d'autres : « Toute noire, sans sculptures, les fenêtres avec des persiennes noires, mangées, et où des lames manquent... » (f° 106). La maison est donc vue et choisie en fonction d'une idée que Zola possédait déjà : la vie ouvrière est faite de pauvreté, de saleté, de tristesse, etc...;
5° enfin, il prend des notes - 13 pages - sur l'ouvrage de Denis Poulot, *Question sociale - le sublime ou le travailleur comme il est en 1870 et ce qu'il peut être*, désigné le plus souvent sous le titre : *Le sublime* [1].

1. Sur ces emprunts, voir Pierre Cogny, « Zola et *Le Sublime* de Denis Poulot », *Cahiers de l'Association internationale des études françaises*, mai 1972, n° 24, p. 113 à 129.

Il faut s'arrêter sur cette dernière source, la plus importante, puisque, dès 1875, on a accusé le romancier d'avoir plagié l'œuvre de Denis Poulot. Il reconnaît d'ailleurs l'avoir utilisée parce que c'était un « livre de documents ».

Denis Poulot était en effet un ancien « compagnon » devenu industriel. Son livre est divisé en deux parties. La première s'intéresse à la vie des ouvriers et aux méfaits de l'alcoolisme. La deuxième donne des solutions pour régler la question sociale : éducation, syndicats, et entente avec les patrons; plus tard, « associations d'ouvriers possesseurs ».

Zola s'intéresse presque uniquement à la première partie, ne retenant de la seconde que la nécessité du développement de l'éducation, une idée qui lui a toujours été chère. Pourquoi? En 1875, il a affirmé nettement dans l'ébauche de *L'assommoir :* « Le roman de Gervaise n'est pas le roman politique. » Son but est de peindre le « milieu déplorable dans lequel vit la jeune femme et dont elle est la victime ». Denis Poulot, comme Francisque Sarcey, lui donne des images qui correspondent à ce projet. Il les accepte parce qu'elles lui offrent une représentation pittoresque de la vie, des anecdotes, des paroles entendues, un langage, etc., en un mot des documents vécus.

Il est remarquable par ailleurs qu'il rattache immédiatement, dans ses notes, les exemples donnés par Denis Poulot à des types qu'il a connus ou à des expériences qu'il a faites. Il est surtout plus remarquable qu'il ne montre dans son roman que quelques-uns des types d'ouvriers donnés par *Le sublime :* le bon ouvrier, le mauvais, le vieux, en laissant de côté l'ouvrier moyen, pourtant étudié par Denis Poulot.

C'est qu'ici aussi la documentation sert de confirmation à la vision du romancier beaucoup plus qu'elle ne l'instruit ou ne l'influence. « Il s'impose aux faits plus qu'il ne se soumet à eux », affirme Guy Robert. Tout en désirant donner de son époque une représentation fidèle, il recrée un univers symbolique qui obéit à ses lois, mais qui, grâce à l'intuition du romancier, à l'acuité de son regard et à ses expériences personnelles, ne trahit pas la réalité, mais au contraire la restitue avec force.

5 L'univers de « L'assommoir »

UN MONDE CLOS ET ÉTOUFFANT

Le nombre des comparses du roman est limité : tous se connaissent, s'épient, se cachent des autres. Les efforts de Gervaise pour maintenir des relations humaines - « sa boutique devenait un salon » - échouent. Zola avait insisté davantage sur cet aspect dans ses premiers projets : tous s'unissaient pour pousser Gervaise au drame - jeter une bouteille de vitriol sur Lantier et Virginie - et lui en fournissaient l'occasion. Il renonça à ce dénouement mais en garda l'atmosphère. Gervaise est toujours au centre de regards qui la traquent. Souvent un cercle de curieux jaloux l'enserre : ainsi, au lavoir, ou lorsqu'elle revient de voir Coupeau à l'hôpital, etc... Le quartier, personnage anonyme et multiple, est là, qui regarde et commente sa vie et le plus souvent avec une curiosité hostile.

Tout le roman se déroule dans un périmètre étroit et qui se restreint de plus en plus jusqu'à n'être que la niche sous l'escalier et enfin le trou dans lequel Bazouge enterre la jeune femme.

Les limites de cet univers - l'abattoir et l'hôpital - Zola les a voulues symboliques, même au prix d'un anachronisme : « Gervaise, en « raccrochant [1] », va de l'abattoir (qui n'existe plus mais je pourrai le laisser) à l'hôpital (...); le chemin de fer au bout, avec des pensées de départ et de fuite » (f° 80 du dossier préparatoire). Dès le premier cha-

1. Voir le roman, chap. XII.

pitre (p. 20, 25...), il enferme Gervaise dans un monde parfaitement clos et sinistre qui prendra toute sa signification au chapitre XII (p. 487) : à droite, les abattoirs d'où vient « une odeur fauve de bêtes massacrées »; à gauche, l'hôpital, blafard et lugubre, une sorte de monstre « montrant, par les trous encore béants de ses rangées de fenêtres, des salles nues où la mort devait faucher » (p. 25); l'horizon, d'un bout à l'autre, fermé par « une muraille grise et interminable » derrière laquelle, « la nuit, elle entendait parfois des cris d'assassinés » (p. 21); au loin, Paris, à la fois attirant - illuminée par le soleil levant, la ville est comme un creuset de toutes les richesses - mais aussi effrayant et de toute façon inaccessible : c'est un autre monde dont Gervaise est séparée par « une bande de désert ».

La vie de la jeune femme se déroule ainsi dans un univers symbolique et mythique qui a son temps propre.

Il y a en effet peu d'indications de dates dans *L'assommoir*, alors que le dossier préparatoire marque nettement le déroulement chronologique des faits, l'âge des personnages, etc... Le roman se situe presque hors du temps historique, dans le monde du « longtemps », du « déjà »... Zola arrive à allonger la durée, à faire sentir le poids de l'instant et de l'attente jusqu'à une sorte de vertige : par l'emploi systématique de l'imparfait; grâce à un arrangement des mots et une ponctuation qui étirent la phrase (voir, p. 22, le départ des ouvriers, ou p. 20 la description du quartier); en coupant en plusieurs tronçons un récit : ainsi la description du départ des ouvriers est coupée par les interventions de Coupeau et de Mme Boche, etc...

La nature, symbole de vie, de force, d'espoir aussi (le vert), est exclue de cet univers, sauf à deux moments privilégiés : Gervaise vient d'épouser Coupeau, son avenir s'éclaire, elle habite rue Neuve de la Goutte-d'Or : « La joie de Gervaise était, à gauche de sa fenêtre, un arbre planté dans une cour, un acacia allongeant une seule de ses branches, et dont la maigre verdure suffisait au charme de toute la rue » (p. 127). Plus tard, elle essaie d'oublier ses ennuis auprès de Goujet, une idylle s'ébauche; ils se retrouvent, mais : « C'était, entre une scierie mécanique et une manufacture de boutons, une bande de prairie restée verte, avec des plaques jaunes d'herbe grillée (...) Au fond, un arbre mort s'émiettait au grand soleil » (p. 302). Images d'un espoir dérisoire et vain de changement et de pureté. L'arbre est mort, et ils ne peuvent pas soutenir la vue du ciel et de la vive lumière. La vie de Gervaise est celle de la chèvre qu'elle aperçoit, attachée à un piquet, et qui tourne en bêlant (p. 302) : elle sait que les propositions que lui fait Goujet sont folles et elle les refuse.

• *Les métaphores animales*

Car cet univers transforme les hommes en bêtes. Le titre, *L'assommoir*, prend alors tout son sens.

Zola a souvent donné aux humains des noms d'animaux (Mme Coudeloup, M. Hongre, Mme Lerat, Virginie Poisson, Mme Putois...). Qu'il ait trouvé là - comme dans le langage populaire - une source de pittoresque, est indéniable. Mais l'emploi et le choix des métaphores animales ont une signification beaucoup plus profonde.

Le roman s'ouvre et se ferme sur la vision de la foule des ouvriers qui va au travail ou en revient. Ce sont des « bêtes de somme » (p. 21 et 481); on entend « un piétinement de troupeau » : « Ah! la triste musique, qui semblait accompagner le piétinement du troupeau, les bêtes de somme se traînant, éreintées ! Encore une journée de finie ! Vrai, les journées étaient longues et recommençaient trop souvent. A peine le temps de s'emplir et de cuver son manger, il faisait déjà grand jour, il fallait reprendre son collier de misère » (p. 481).

Gervaise elle-même est souvent comparée à un mouton, à une bête de somme, à une mule dévouée. Son grand rêve : « avoir la niche et la pâtée », expression qui revient comme un leitmotiv. Bijard est un loup, les Lorilleux des araignées, des cloportes. Mme Lorilleux est « la femelle de son mari ». Et Zola désigne ainsi ses personnages, même lorsqu'il réfléchit dans son dossier préparatoire, tant, pour lui, les hommes ne sont plus, dans un tel milieu, que des bêtes.

Ils ne peuvent échapper à une condition qui ravale l'individu et le promet à l'hôpital ou - ce qui est la même chose - aux « vieux abattoirs noirs de leur massacre et de leur puanteur » (p. 25), à la fin d'une vie qui n'est qu'un immense jour de labeur, comme l'est le roman, débutant sur le départ des ouvriers et se refermant sur leur retour : construction, elle aussi, symbolique.

UN MONDE HOSTILE

Ce monde est peuplé de forces hostiles, d'êtres qui s'animent d'une vie surréelle :

• *Paris*, vaste inconnu, dévore chaque matin ce troupeau (p. 21), comme il prend au piège la noce. Les invités tournent dans les salles du Louvre avec un « piétinement de troupeau débandé », comme des rats dans une nasse (p. 102 et suiv.). Or le Louvre, avec ce qu'il représente de culture et de richesse, est pour eux un monde où ils se sentent étrangers (p. 100) : « Ce fut avec respect, marchant le plus doucement possible, qu'ils entrèrent dans la galerie française »), une sorte de temple dont ils finissent par avoir peur.

• *L'assommoir du père Colombe*, doué d'une vie fascinante et terrifiante, est un exemple étonnant de ces êtres dont Zola peuple l'univers de ses personnages. Les formes étranges de l'alambic (p. 61) frappent l'écrivain; elles s'animent d'une vie surréaliste : « On aurait dit la fressure [1] de métal d'une grande gueuse, de quelque sorcière qui lâchait goutte à goutte le feu de ses entrailles » (p. 410). La vision devient bientôt hallucination, - Gervaise « se sent prise par les pattes de cuivre » de la bête contre laquelle elle veut se battre (p. 412) -, et elle atteint à l'épique : du « bedon de cuivre » s'échappe sans interruption une « sueur d'alcool » capable d'inonder tout le quartier de la Goutte-d'Or et même Paris.

On songe immédiatement à la mine de *Germinal*, le Voreux; ou à la Lison, la locomotive de *La bête humaine*. Même forme d'imagination (le Voreux, l'alambic, la locomotive, sont d'immenses ventres aux entrailles compliquées); même jeu de couleurs, le rouge et le noir, le feu et les ténèbres; même peur devant une vie infernale, morne et cachée, devant des forces démoniaques contre lesquelles l'homme ne peut rien.

Zola est un grand poète doué du pouvoir de faire vivre les choses et de leur donner une vie symbolique. Tout s'anime autour de Gervaise. Pas seulement les machines, mais aussi les maisons. C'est là un trait caractéristique de l'imagination et de l'art de Zola : qu'on pense aux Halles

1. Ensemble des gros viscères d'un animal (cœur, foie, rate, poumons).

du *Ventre de Paris ;* ou au grand magasin de *Au bonheur des dames*, à la Bourse de *L'argent...*

• *La grande maison ouvrière* (p. 64 et suiv.) devient elle aussi un « organe géant », prêt à engloutir sa proie, par son « porche béant et délabré » semblable à une « gueule ouverte » (p. 495). Gervaise, en face d'elle, se sent écrasée. Caserne ou prison, la maison est, à elle seule, avec ses odeurs, ses vacarmes, sa crasse, le symbole de la condition ouvrière : 300 locataires s'entassent derrière ses « murailles grises, mangées d'une lèpre jaune », dans les pires conditions d'hygiène et de promiscuité. C'est d'elle que vient le mal. Gervaise l'accuse violemment dans l'avant-dernier chapitre : « Oui, ça devait porter malheur d'être ainsi les uns sur les autres, dans ces grandes gueuses de maisons ouvrières ; on y attrapait le choléra de la misère » (p. 495).

C'est une « ville », ou plutôt *un labyrinthe* (voir p. 66). Gervaise suit un dédale infini de couloirs étroits - de vrais boyaux -, d'escaliers obscurs et interminables dont la description rappelle celle des rues et des carrefours de la mine de *Germinal.* Comme le sera le mineur, l'ouvrier est enfermé dans une sorte de souterrain, obscur et boueux (p. 74). La montée chez les Lorilleux, le long de l'escalier B (p. 74), est peut-être le symbole de la quête difficile, voire impossible, de l'or qui se cache tout en haut, au fond du boyau qui sert d'appartement aux chaînistes et qu'ils gardent jalousement. C'est surtout un raccourci frappant de la vie de la maison et de celle de Gervaise : une lente et douloureuse montée, dans l'obscurité, vers le « coin des pouilleux ». Vue d'en bas, la cage de l'escalier est une spirale interminable qui se termine sur un ciel noir (p. 74) ; vue d'en haut, c'est un puits de ténèbres (p. 84) ; il est à peine éclairé par une « étoile tremblotante » ou « la goutte de clarté d'une veilleuse », espoir infime de bonheur au seuil d'une vie pleine de menaces qui terrifie Gervaise : elle fouille « avec inquiétude les ombres grandies de la rampe » (p. 84).

• *La crasse.*
Ce monde est celui de la saleté et du délabrement. Les couleurs en sont délavées et sinistres : gris sale, noir, lie de vin, taches sanglantes des tabliers des bouchers. Les odeurs, celles des logis pauvres que Zola connaît bien ; fortes et

fades, elles sont faites de « poussière, de moisi, de graillon et de crasse » (p. 337). Et, par-dessus, domine celle de l'oignon cuit.

La graisse, la crasse, la boue, l'humidité, la moisissure, envahissent tout : corridors, appartements, loge des Boche, restaurant où mange la noce; même la Seine charrie des « nappes grasses, de vieux bouchons et des épluchures de légumes, un tas d'ordures » (p. 104).

L'homme s'englue : « La chaussée est poissée d'une boue noire, même par les beaux temps » (p. 56), et quand il pleut, elle devient « une mare de boue coulante » (p. 98).. Telle la gangrène, la crasse s'étend, sorte de force personnifiée : la chambre que Gervaise habite à l'Hôtel Boncœur montre « son papier décollé par l'humidité, ses trois chaises et sa commode éclopées, où la crasse *s'entêtait* (c'est nous qui soulignons) et s'étalait sous le torchon » (p. 28).

Et même, boue, humidité, crasse « attaquent », « mangent » les murs, les vêtements (les pantalons sont mangés par la boue, les murs par une lèpre jaune, les persiennes sont pourries par la pluie...). Elles s'attaquent aussi à l'homme, l'avilissent, l'animalisent et triomphent de lui en le transformant, au physique et au moral, en « ordure ».

Le tri du linge sale (chap. V) excite les instincts les plus bas des blanchisseuses et elles dévoilent avec une joie féroce les misères intimes de leurs pratiques. La crasse pousse Gervaise à la déchéance (p. 173). Plus tard, si elle quitte le lit de Coupeau, c'est pour fuir sa saleté (p. 324).

Les derniers chapitres du roman ne font finalement que reprendre, en l'aggravant, le premier où Gervaise attend déjà, « dépeignée, en savates, grelottant sous sa camisole blanche où les meubles avaient laissé de leur poussière et de leur graisse » (p. 26). La propreté de la chambre de la rue Neuve de la Goutte-d'Or ou la gaieté de la boutique bleue, « couleur du ciel », ne sont que passagères, et même elles paraissent exceptionnelles et sont vues d'un mauvais œil dans le quartier. L'intérieur des Goujet, blanc, luisant de propreté, émerveille Gervaise et la remplit de respect comme une sorte de monde parfait et pur, celui qu'elle rêve vainement d'atteindre, une sorte de retour au paradis de l'enfance. La chambre de Goujet, surtout, toute tapissée d'images, ressemble à celle d'une jeune fille (p. 135). Mais ces deux pièces, dont « le carreau luisait d'une clarté de glace », sont aussi un monde monacal, quasi tombal.

La crasse finalement l'emporte sur Gervaise et chez elle : dans la pièce du sixième où elle habite, tout a été vendu : seul reste un tas d'ordures. Elle en arrive à se nourrir de déchets (p. 464). Elle n'est plus qu'une loque, un « guignol » (p. 488), « une caricature » (p. 488); elle ne vit même plus comme un animal; elle habite « un vrai chenil, maintenant, où les levrettes qui portent des paletots, dans les rues, ne seraient pas demeurées en peinture » (p. 463).

ÉCHEC DES TENTATIVES D'ÉVASION

Car échouent les tentatives que les personnages font pour s'en sortir. Et même, ces tentatives ne peuvent que les enfoncer davantage dans leur malheur; elles se bornent, en effet, à satisfaire et à exacerber des instincts de conservation, la facilité, les compromis.

• *L'alcool*

C'est d'abord l'alcool, l'eau-de-vie, l'eau qui donne la vie, ce qui « graisse la machine » fatiguée (Zola est sensible à toute la profondeur psychologique de cette expression pittoresque), la goutte d'or. Les soirs de grande quinzaine, tout le quartier de la Goutte-d'Or (c'est peut-être à cause de son nom que l'écrivain choisit finalement d'y situer son roman, après avoir songé d'abord aux Batignolles) devient un énorme assommoir (p. 62). Mais l'alcool remplace le sang de ceux qui boivent. Goujet, qui a du sang pur dans les veines, l'emporte sur l'ivrogne Bec-Salé qui ne peut plus soulever sa masse (p. 205). L'eau-de-vie animalise l'homme : le tord-boyaux, le casse-poitrine, dégradent son corps, lui font perdre toute dignité. Les quatre ivrognes, Bibi-la-Grillade, Mes-Bottes, Bec-Salé, Coupeau, sont dégoûtants (p. 408). Coupeau même se vautre comme un porc dans ses vomissures (p. 322). L'alcool, surtout, réveille la brute qui, pense Zola, sommeille au fond de tout homme, le rend fou, le pousse au meurtre. Le romancier ne peut pas décrire sans angoisse les férocités de Bijard ou les crises de delirium de Coupeau, la fêlure, la tare originelle qui menace la raison.

• *La nourriture*

Dans ce monde de misère, la faim est la hantise (p. 384). Aussi, manger quand on le peut, jusqu'à éclater, c'est prendre du bon temps (p. 169), c'est surtout une sorte de revanche, ou d'exorcisme, ou plutôt une avance dans une lutte inégale où l'on sera vaincu de toute façon : « Quand on gagne de quoi se payer de fins morceaux, n'est-ce pas? on serait bien bête de manger des pelures de pommes de terre. » Le roman sera rythmé par trois morceaux de bravoure - la noce, la fête de Gervaise, la communion de Nana - qui peignent des festins mémorables.

Mais l'établi de la boutique reste gras et sale. La gourmandise pousse à la paresse, aux complaisances de tous ordres. Les pratiques s'en vont, l'argent manque, le seul souci qui reste : faire ses trois repas par jour. « Pourvu que son mari et son amant fussent contents, que la maison marchât son petit train-train régulier, qu'on rigolât du matin au soir, tous gras, tous satisfaits de la vie et se la coulant douce, il n'y avait vraiment pas de quoi se plaindre » (p. 329). Zola avait déjà montré, dans *Le ventre de Paris*, cette lâcheté égoïste des gras. Dans *L'assommoir*, cette lâcheté, étant donné la pression du milieu, amènera la déchéance morale et physique [1]. Dans les premiers chapitres, Gervaise est svelte; au lavoir, dans sa chambre de la rue Neuve, elle chasse la crasse avec énergie. Peu à peu, elle s'empâte, se laisse aller jusqu'à trouver, dans la crasse, un certain bien-être (p. 338). La graisse et la crasse tissent, en même temps, comme un double cocon protecteur autour de la jeune femme.

• *La tentation du nid*

Dans ce monde de l'angoisse et de la peur où tout est menaçant, Gervaise - mais aussi les autres personnages - cherchent un refuge. Il se développe ainsi une thématique du trou (le leitmotiv de Gervaise : « avoir un trou un peu propre pour dormir »), « du nid, du petit logis intime », auquel Jacques Dubois croit pouvoir rattacher « la plupart des préoccupations conscientes et des images inconscientes qui gouvernent

1. *Le ventre*, au contraire, est une attaque violente et amère des « rapaces assouvis », les « gras » : « le contentement large et solide de la faim, la bête broyant le foin au râtelier (...) la bedaine pleine et heureuse se ballonnant au soleil et roulant jusqu'au charnier de Sedan » (Dossier préparatoire du roman, f° 47).

le psychisme de l'héroïne et qui, partant, déterminent la structure même du roman [1] ».

La boutique est la forme privilégiée de ce nid : Gervaise y trouve calme, douceur, chaleur du feu et des relations humaines. Goujet, Lantier et les autres viendront y chercher la même paresse et les mêmes jouissances (p. 187). Gervaise s'en est fait un monde clos, à sa mesure, qu'elle connaît et s'est apprivoisé, et à partir duquel elle peut - confiante - se familiariser avec le quartier : « La rue de la Goutte-d'Or lui appartenait, et les rues voisines, et le quartier tout entier » (p. 167).

Mais lorsque ce monde est menacé par l'intrusion de Lantier, elle ne tente pas de le défendre, elle cherche d'autres refuges : la forge de Goujet où elle trouve chaleur et protection; la nourriture dans laquelle elle s'enfonce avec une somnolence béate; la crasse qui lui fait un « nid chaud », bien calfeutré (« attendre que la poussière bouchât les trous et mît un velours partout, sentir la maison s'alourdir autour de soi dans un engourdissement de fainéantise », p. 338); la mort enfin.

Le roman est l'histoire de ces amollissements que donnent les refuges successifs, de cette recherche du calme à tout prix, en trouvant, même dans les échecs, le répit et une certaine satisfaction.

Ainsi l'analyse dégage un répertoire complexe d'images, de symboles, de métaphores, de thèmes, de réseaux d'associations, que nous n'avons que partiellement étudiés. Odeurs, couleurs, topographie, temps, hallucinations, angoisses, forces et lois, « bref, c'est tout un système du monde qu'on pourrait reconnaître dans *L'assommoir*, et un tel roman est, à cet égard, moins la photographie du réel qu'une œuvre de poète, une création véritable » (M. Girard).

1. Voir *Cahiers Naturalistes*, nº 30, 1965, « Pour un décor symbolique de *L'assommoir* ».

L'art de Zola 6

LES PERSONNAGES

On pense couramment que les personnages de Zola n'ont aucune existence, aucune profondeur, qu'ils n'évoluent pas ; que ce sont des pantins mus par les instincts les plus bas. Le critique marxiste Lukács préfère *La comédie humaine* aux *Rougon-Macquart* parce que Balzac a su créer des types [1] : « Zola, malgré toute la grandeur de son œuvre, explique-t-il, n'a pas représenté un seul personnage qui continue à exister avec une valeur universelle, une vie aussi typique et proverbiale que, par exemple, le couple Bovary et le pharmacien Homais, de Flaubert ; et ceci sans parler de créateurs de personnages comme Balzac et Dickens [2]. » Ces opinions sont très contestables, surtout dans le cas du roman que nous étudions.

Hormis Gervaise, et, à un moindre titre, Coupeau, les personnages de *L'assommoir* sont, en gros, classés en deux catégories, les bons et les méchants, selon le manichéisme moral et psychologique des romans populaires du XIXᵉ siècle, qui n'est pas sans force sur le lecteur. Car il y a ceux qui nous sont sympathiques parce qu'ils veulent du bien à Gervaise, et les autres qui nous font peur. Lantier est toujours du côté des méchants antipathiques ; Coupeau passe d'une catégorie à l'autre au moment où il se met à boire de l'eau-de-vie.

Zola a voulu en faire les produits types d'un certain milieu ; plus exactement ils sont les résultats de l'hérédité

1. Pour Lukács, « le type ne devient pas un type grâce à son caractère moyen, mais son seul caractère individuel - quelle qu'en soit sa profondeur - n'y suffit pas non plus ; il le devient au contraire parce qu'en lui convergent et se rencontrent tous les éléments déterminants humainement et socialement essentiels d'une période historique, parce qu'en créant des types on montre ces éléments à leur plus haut degré de développement dans le déploiement extrême des extrêmes qui concrétise en même temps le sommet et les limites de l'homme et de la période ».
2. Georg Lukács, « Pour le centième anniversaire de la naissance de Zola », dans *Balzac et le réalisme français*, Maspero, 1967, p. 100.

et de l'action physique et sociale que leur milieu exerce sur eux. Le père Bru est le vieil ouvrier type; les Boche, les concierges types, etc... A l'exception de Goujet et de la petite Lalie Bijard, trop idylliques aux yeux mêmes du romancier, ils sont en général convaincants, quoique sans profondeur psychologique. Le plus souvent pris ensemble, ils forment « la noce », « la société », « la rue », « le quartier », une espèce de personnage anonyme qui commente ou provoque l'action.

• *Coupeau*, par contre, qui était lui aussi conventionnel dans les premiers chapitres en « type de l'ouvrier parisien gouailleur et rigolo », prend vite une profondeur attachante. « La progression de son caractère nous semble remarquable, notamment quand les monstres latents s'éveillent peu à peu en lui, après son accident, par suite de l'inaction, puis de l'ennui, puis de la paresse; comment il est tenté par les « paradis artificiels » qui sont à sa portée, le vin et l'alcool, le recours systématique à l'ivresse pour changer le monde, qui l'amène au delirium tremens dont Zola nous donne une analyse d'un intérêt non seulement médical mais humain. Il y a là un vrai chef-d'œuvre de psychologie pathologique » (Marcel Girard).

• *Gervaise*. Rien de comparable toutefois avec la vie et la profondeur de Gervaise qui, dès le début du roman, s'impose à nous. Elle « a merveilleusement échappé à son auteur pour devenir un mythe (...) Gervaise est un type, fortement dessiné et très subtil, un personnage individualisé et incarné [1] ».

Tout le roman est centré sur elle, comme *Le rouge et le noir* l'est sur Julien Sorel ou *Illusions perdues* sur Lucien de Rubempré. Zola, en effet, « se débarrasse » des deux garçons, Étienne et Claude, le mot est de lui; il ne garde que Nana et lui consacre tout un chapitre, parce que son existence est aussi exemplaire que celle de sa mère de ce qu'un certain type de société peut faire d'une femme.

Tout est vu, ressenti, raconté par Gervaise avec sa psychologie et dans sa langue. L'écrivain s'efface derrière elle au point même de préférer à une description objective de la réalité un expressionnisme qui transforme le réel :

1. Armand Lanoux, préface de l'édition du Club français du livre.

ainsi la flaque que forment les eaux venues de la teinturerie se colore en rose, en vert, en noir, selon les sentiments de la jeune femme qu'elle reflète; l'alambic du père Colombe devient à ses yeux un animal monstrueux et dangereux, parce qu'elle a peur de sa puissance...

Tout tourne autour d'elle; tous les personnages ont un rapport avec elle, jouent un rôle dans son histoire, même les plus insignifiants comme les figures presque anonymes des commerçants du quartier ou le père Bru. « On pourrait tracer un graphique de leurs interconnexions psychologiques et dramatiques. Il aurait la cohérence géométrique des graphiques par lesquels on représente une molécule chimique. Aucun atome n'est là pour rien, ils sont tous rattachés selon leurs « valences » les uns aux autres [1]. »

UN ENGRENAGE

Le roman est l'histoire de la grandeur et de la décadence de Gervaise. Douze chapitres, de longueur à peu près égale, qui aboutissent à une brève conclusion de quelques pages pressentie dès le début.

Un bonheur fragile semble atteint, après une alternance difficile de hauts et de bas, au chapitre V : la jeune femme croit avoir réalisé son rêve d'une vie simple, et heureuse; un sommet, au chapitre VII : patronne, elle reçoit dans sa boutique à l'occasion de sa fête. Mais, dès ce chapitre, débute, inéluctable, malgré quelques sursauts (au chapitre X, par exemple), sa décadence.

Le drame commence à se nouer à la moitié du chapitre VI : Virginie revient (p. 215), elle rappelle l'affaire du lavoir et parle très souvent de Lantier à Gervaise; Coupeau devient un « sublime ». Le chapitre se termine sur l'image d'une Gervaise angoissée et prise au piège : « Elle pensait aux hommes, à son mari, à Goujet, à Lantier, le cœur coupé, désespérant d'être jamais heureuse » (p. 235). Le chapitre VII est alors le centre du roman et du drame. Tous les personnages sont réunis dans la boutique, objet des convoitises : Coupeau, Lantier, Goujet, Gervaise, les comparses sont là, et même le quartier participe à la fête par la porte grande

1. R.-M. Albérès, préface de l'édition du roman au Cercle du livre précieux, t. 3.

ouverte. Désormais, Gervaise, qui s'était affirmée dans les six premier chapitres et s'était imposée aux autres (elle garde Coupeau malade chez elle, elle invite dans sa boutique, etc...), se laisse aller, pendant les six autres chapitres : sa personnalité s'effrite, elle est la proie de son milieu, hommes et choses.

• *Parallélisme des scènes; rappels du passé*

En reprenant des scènes, le plus souvent de part et d'autre du chapitre VII, le romancier souligne la déchéance de la jeune femme, et de façon d'autant plus tragique que c'est elle-même qui la fait ressortir parce que, brusquement, tout un morceau du passé remonte à sa mémoire :

- le premier séjour à l'hôpital de Coupeau (chap. X, p. 399) lui rappelle son attitude lorsqu'il était tombé du toit (chap. IV);
- quand elle boit de l'eau-de-vie, pour la première fois, à l'Assommoir, avec Coupeau et les autres pochards (chap. X, p. 407), elle se rappelle le jour où elle avait mangé une prune avec le zingueur (chap. II, p. 52);
- dans son interminable périple du chapitre XII, elle arrive devant l'hôtel Boncœur et revoit, d'un coup, vingt ans de sa vie, etc...

Certains de ces parallélismes ont un effet plus fort : un autre personnage souligne par son regard la déchéance; il la rend plus sensible à Gervaise et au lecteur. Ainsi les invités du repas offert par Virginie, dans la boutique, le jour de la communion de Nana, qui rappellent le festin donné dans ce même lieu par la blanchisseuse (chap. VII-X); la petite Lalie qui la voit remonter ivre (fin du chap. X); Virginie qui la regarde, accroupie, en train de laver la boutique, et qui se souvient du jour où elle-même était vaincue par la jeune femme (I-XI); Goujet surtout qui la ramène chez lui, vieillie et avachie, et qui revit son idylle, leurs rencontres, ses rêves (XII). Rencontre si douloureuse que Gervaise ne peut pas la supporter longtemps; elle fuit et veut mourir.

• *Leitmotive :*

Certaines phrases ou certains personnages reviennent plusieurs fois dans le roman, symbolisant le plus souvent des aspects frappants de la personnalité de la jeune femme : par exemple, son désir de vivre une vie d'honnêteté et de travail (p. 61, 170, 490); ou ses peurs devant l'avenir que concrétise le père Bazouge (p. 121, 361, 369, 388, 497).

Ces reprises, qui se colorent différemment selon les moments de l'œuvre et la situation de Gervaise, contribuent aussi à créer un climat d'angoisse, à faire de la jeune femme un être sympathique et fragile, et à souligner l'engrenage dans lequel elle est prise.

« UNE HISTOIRE D'UNE NUDITÉ MAGISTRALE »

« Si je prends le titre : *La vie simple de Gervaise Macquart*, il faudra que le caractère du livre soit précisément *la simplicité*[1], une histoire d'une nudité magistrale, de la réalité au jour le jour, tout droit. Pas de complication; très peu de scènes et des plus ordinaires, rien absolument de romanesque ni d'âpreté. Des faits au bout les uns des autres, mais me donnant la vie entière du peuple » (f° 164, ébauche).

Zola fut d'abord tenté de « faire des scènes » qui tenaient du mélodrame : il prévoyait en particulier, au dénouement, une lutte au couteau entre Goujet, Lantier, Coupeau, etc... Mais il réfréna vite cette tendance qu'il avait au romantisme; elle ne se trahit que dans l'histoire de Lalie Bijard (« faire pleurer », écrit-il); ou dans la création de Bazouge, « une figure d'une fantaisie sombre » (f° 132).

- *Une succession de temps forts et de temps faibles :*

Il décrit une vie assez simple et assez typique pour que Gervaise, devenant un mythe, incarne à elle seule la vie ouvrière. D'où une succession de scènes qui marquent les étapes caractéristiques de la vie - noce de la blanchisseuse, naissance de Nana, mort et enterrement de Maman Coupeau, communion de Nana, fête - et, entre elles, la grisaille de la vie de tous les jours : le départ au travail, le retour des ouvriers, les courses à midi, les métiers, le lavage du linge, le cabaret... Une alternance donc, savamment étudiée, de temps forts et de temps faibles. Mais l'art de Zola, c'est, d'un côté, de rattacher étroitement ces temps forts à l'action, de ne pas en faire de purs « morceaux de bravoure ». Ainsi la fête chez

1. Souligné par Zola.

Gervaise se développe sur tout un chapitre, mais c'est dans ce chapitre que se noue le drame; ce moment est essentiel pour comprendre la psychologie de la jeune femme et ses développements; le retour de Lantier ne peut se faire que dans une atmosphère de laisser-aller général.

D'un autre côté, en employant le procédé qu'on pourrait appeler du « point de vue », Zola évite, dans son évocation de la vie quotidienne, l'écueil du reportage ou les longues descriptions balzaciennes faites par un auteur omniscient et dans un déroulement logique. Et pourtant il fait passer dans ses romans la plus grande partie de la documentation qu'il a rassemblée.

• *Le procédé du point de vue :*

Sa description est limitée au point de vue d'un observateur, le plus souvent nouveau venu ou ignorant mais par là même plus réceptif. Ainsi Gervaise, regardant le quartier dans lequel elle vient d'arriver, ou entrant pour la première fois dans la forge de Goujet, est-elle plus sensible aux bruits, aux couleurs, aux mouvements; ses perceptions sont plus vives. Mais Zola ne se contente pas d'un point de vue. Il peut multiplier les observateurs ou donner au même observateur plusieurs points de vue, en modifiant ses impressions en fonction de ses sentiments, de ses expériences, etc...

De toutes façons, le tableau qui se dégage est très proche de la vie dont il peut avoir l'illogisme et la confusion; il est aussi riche de profondeur psychologique.

• *« La description en action » :*

La description, traditionnellement statique, devient, par là, dynamique. Sans cesse, Zola se répète dans ses feuillets préparatoires : « mise en scène dramatique »; « description en action »; « pas d'explications longues; les portraits très nets et le reste en faits et en conversations », etc... Il évite ainsi de faire des récits ou des rappels artificiels; il les intègre à l'action.

• *L'art de la scène vue :*

Le regard de Zola est un regard aigu, celui d'un peintre qui se plaît aux spectacles de la rue. Passionné de photographie - il a découvert cet art vers 1888, il a laissé des milliers d'instantanés des siens ou de la vie parisienne -, ses romans, en particulier *L'assommoir*, fourmillent de « choses vues ».

Il s'intéresse aux jeux de lumière, aux couleurs, aux formes, à la qualité de l'air, en un mot à l'atmosphère. Il possède l'art du croquis pris sur le vif, de l'attitude esquissée en quelques mots, de la caricature aussi, mais qui, dans ce roman, reste toujours bon enfant. Rien des traits mordants par exemple que l'on trouve dans *Pot-Bouille*, le pendant bourgeois de *L'assommoir*. La description de Gervaise sur le seuil de sa porte, celles des blanchisseuses au travail, de la rue à midi, de la foule sur les boulevards, font songer, par le choix des sujets et par la technique, à tel ou tel tableau de Degas, de Monet, de Guillemet... Zola est habile à happer la vie dans sa diversité et son quotidien, ce que reconnut aussitôt Huysmans qui admirait particulièrement « les premières pages où la vie fourmille et grouille avec une pareille intensité » : « Les coins de Paris, les rues, les boulevards, foisonnent dans *L'assommoir*. Le remuement de la populace, le murmure, la houle de la multitude, flûtent ou mugissent dans l'orchestre puissant du style. »

Au total donc, un art dynamique, très proche d'un certain art cinématographique fait de la vérité et de la densité des choses et des hommes, d'authenticité, que souligne un style que l'on pourrait qualifier d'impressionniste, c'est-à-dire tendant moins à décrire les choses en elles-mêmes qu'à traduire l'effet qu'elles font sur les personnages et la perception qu'ils en ont. Zola use essentiellement de mots abstraits, se contentant souvent des verbes neutres (faire, mettre, avoir, être), pour mettre en relief l'image. Un exemple, p. 22 : la description du lavoir. Il en arrive, comme ses amis peintres, à procéder par touches juxtaposées. (Pour mémoire, rappelons que la première exposition impressionniste, le « Salon des refusés », se tint en 1863, alors que Zola publiait ses premières œuvres.)

LA LANGUE

A l'exception de quelques amis (Huysmans, Mallarmé, Maupassant) on reconnut peu, au moment de la publication du roman, ce grand art et ces recherches techniques si modernes. Le bon goût et la morale étaient en effet scandalisés par le parler populaire dans lequel était écrite l'œuvre.

Peu importe, finalement, que certains des mots que Zola employa (comme le terme « l'assommoir »), fussent déjà vieillis en 1877. L'essentiel est que nous ayons une impression de vérité. Nous l'avons. Cela tient, certainement, à la connaissance que l'écrivain avait de cette langue et qui n'a rien de livresque; au plaisir aussi qu'elle semble lui procurer. Il a manifestement été séduit par la verve populaire, par ses inventions, par son humour, par le pittoresque et la justesse de ses comparaisons, par sa verdeur. Il ne s'agit pas en effet pour Zola d'obtenir un pittoresque décoratif ou accrocheur. L'usage de ce parler populaire, qui fait partie intégrante des personnages, leur donne réalité et épaisseur.

• *Un « roman parlé » :*

Toutefois, la grande innovation technique du roman, c'est, comme le dit Claude-Edmonde Magny, « la totale continuité établie au creux même du style entre les dialogues, le discours intérieur des personnages et le récit proprement dit [1] ».

Zola obtient cette continuité d'abord par l'emploi étonnamment fréquent du style indirect libre (15 % du texte en moyenne, compte Jacques Dubois, pour 17 % au style direct). Les personnages pensent tout haut, exposant leur destin dans leurs mots et leurs phrases.

Mais aussi le romancier « cède la place à une sorte de voix collective, semblant de chœur populaire, qui relate et commente l'événement, de façon volontiers diffuse et cancanière. On accède alors au stade du « roman parlé », forme toute moderne et apparentée au « colloquial style » cher au roman américain de Twain à Hemingway (...) Le roman laisse l'impression d'un texte enregistré, gros de passion et d'éloquence, et dont chaque maillon est le fruit de l'instant (...) La tonalité qui émane de l'ensemble est, bien plus que celle du monologue avec son intériorité et son laisser-aller, celle du soliloque, qui suppose un tu, un interlocuteur (même fictif) et la volonté de persuasion : soliloque d'ivrogne chez Coupeau, de clocharde chez Gervaise [2] ».

Zola ouvrait ainsi au roman une voie fructueuse qu'allaient illustrer, entre autres, Louis-Ferdinand Céline, Aragon, Queneau, Samuel Beckett, etc...

1. Claude-Edmonde Magny, « Zola », dans *Preuves*, février 1953, p. 30 et suiv.
2. Jacques Dubois, préface à l'édition GF (Garnier-Flammarion) du roman.

Portée de « L'assommoir » 7

UN TABLEAU INCOMPLET, TROP NOIR ET RÉACTIONNAIRE ?

On a d'abord reproché au romancier le choix du milieu qu'il a peint. « *L'assommoir*, écrit Jean Fréville, ne représente qu'une fraction retardataire, apolitique, du prolétariat, une arrière-garde coupée de l'armée en marche, sans aucun lien avec les ouvriers de la grande industrie naissante, des chantiers de construction, des immeubles industriels dont les patrons louaient la force motrice. Pour dépeindre le vrai peuple il aurait fallu montrer son visage révolutionnaire, les caractéristiques de la classe ouvrière, ne pas s'en tenir au petit atelier [1] ».

On lui a reproché aussi de n'avoir peint qu'une couche spéciale et très limitée du peuple : des ivrognes, un profiteur fainéant (Lantier), des coquins, des brutes. La république, a-t-on remarqué plusieurs fois, est défendue dans le roman par Lantier, le type du beau parleur fainéant et suborneur, et par Goujet, bête à force de bonté et de naïveté. Or, affirme Ed. Lepelletier, « il n'y a pas que de la débauche et de l'ivrognerie dans les faubourgs, et les ouvriers laborieux, sobres, rangés, sont encore en majorité (...). L'ouvrier politicien, le socialiste doctrinaire, et le militant révolutionnaire absents, la représentation de la vie ouvrière se trouve incomplète [2] ».

On a reproché encore au roman la vision de la société et la morale qui s'en dégagent. Gervaise aurait pu être

1. Jean Fréville, *Zola, semeur d'orages*, p. 101.
2. Edmond Lepelletier, *É. Zola, sa vie, son œuvre*, Paris, 1908, p. 305.

heureuse si son mari ne s'était pas mis à boire. Travail et épargne l'auraient fait accéder à la propriété, solution qui résoudrait le problème social, mais qui est « réactionnaire sur le plan économique », et de plus utopique, objecte Jean Fréville : « Tous, à cause des conditions mêmes du marché, ne pourraient s'établir à leur compte, à supposer qu'on ferme les assommoirs et que les bricoliers deviennent des modèles de vertu [1]. » Et Lepelletier de conclure ironiquement : « La seule leçon pratique à tirer du livre, c'est que l'ouvrier doit éviter de dégringoler d'un échafaudage [2]. »

Peut-on essayer de répondre à ces critiques?

Jacques Rougerie, dans une récente étude, essaie de définir « le Parisien moyen insurgé en 1871 » : « Pas vraiment encore un prolétaire au sens moderne qu'on attribue à ce terme; les grandes fabriques (les usines) sont encore l'exception à Paris, où on en compte tout au plus quelques dizaines, et les statistiques dénombrent en moyenne quatre ouvriers pour un patron. Plus tout à fait un artisan, puisque ont commencé, surtout avec l'Empire, à se développer certaines formes de travail moderne dans la métallurgie, le chemin de fer, la confection (...). Pour l'ouvrier parisien, l'adversaire de classe véritable, sauf rares exceptions, ce n'est pas son patron direct; celui-ci d'ailleurs sert volontiers dans la Garde nationale insurgée aux côtés de ceux qu'il emploie; il y a même fréquemment un commandement, parce qu'il est, lui aussi, bon « patriote », républicain, victime du « privilège » et du « monopole ». C'est comme jadis l'épicier « accapareur » de subsistances au temps du siège, le propriétaire, parasite qui extorque des loyers toujours plus exorbitants, « le marchand de religion », le curé qui suborne femmes et enfants [3]. »

C'est bien là le monde de *L'assommoir :* des artisans, des boutiques, quelques fabriques dans la rue Marcadet et dans lesquelles commence à s'introduire la mécanisation (chap. VI), la grande maison de rapport d'où monte au moment du terme une grande lamentation (chap. X), un clergé très critiqué et qui expédie au rabais les cérémonies religieuses.

1. Jean Fréville, p. 100.
2. Edmond Lepelletier, p. 313.
3. *Nouvel Observateur*, 15-21 mars 1971, « Les drapeaux de l'an II ».

Dans cet univers, ne se posaient donc pas, surtout entre 1851 et 1869, dates limites du roman, les problèmes de « la lutte du capital et du travail » dans les termes où ils se poseront dans *Germinal*. L'alcoolisme y faisait des ravages importants. Et Zola eut le courage de mettre l'accent sur un problème grave qu'on cachait surtout à gauche et qui était d'autant plus alarmant qu'il sévissait particulièrement parmi les ouvriers « aisés »; à Paris, par exemple, les plus gros buveurs étaient les boulangers, les bronziers, les métallos et les peintres.

Par ailleurs, c'est un fait, on ne lit guère les journaux dans le quartier de la Goutte-d'Or. On s'y moque de la politique, mais ce n'est pas totalement une erreur de Zola. Comme le dit Goujet, « le peuple se lassait de payer aux bourgeois les marrons qu'il tirait des cendres, en se brûlant les pattes; février et juin étaient de fameuses leçons; aussi, désormais, les faubourgs laisseraient-ils la ville s'arranger comme elle l'entendrait » (p. 137). Le romancier a donc bien rendu l'état d'esprit des ouvriers parisiens, après les journées de 1848, leur lassitude, leur scepticisme. Le coup d'état de décembre 1851 ne souleva que peu d'émotion à Paris; le mot prêté au député républicain Baudin [1], rappelé par Coupeau entre autres, est, à cet égard, révélateur. Mais, si le roman débute en 1851, il se poursuit jusqu'en 1869. La première internationale a été fondée en 1864, son premier bureau français a été ouvert à Paris en 1865. Et Zola qui avait prévu, à l'instigation de Denis Poulot, de parler du « vaste mouvement des réunions publiques », ne l'a pas fait. Pourquoi?

IMPORTANCE DU MILIEU

Il a choisi de peindre ce groupe limité et particulier d'abord parce qu'il le connaissait pour y avoir vécu. Par tempérament et par expérience personnelle, Zola a toujours été sensible aux inégalités sociales. *L'assommoir* vient après une longue

1. Un des députés de l'Assemblée législative de 1849 auxquels on reprochait de toucher 25 F (voir le roman, p. 137). Baudin tenta, sans grand succès, de soulever les ouvriers parisiens contre le coup d'état de Louis-Napoléon Bonaparte. Il fut tué sur une barricade le 2 décembre 1851. On lui prête ce mot : « Vous allez voir, citoyens, comment on meurt pour 25 francs! »

série de réquisitoires contre la misère et le luxe insolent des parvenus. Maints de ses thèmes ont déjà été abordés dans des articles de journaux ou dans des romans :
- tentation qu'exerce sur les filles pauvres « l'étalage impudent des richesses que Paris expose constamment dans ses rues » (*Le rappel*, 3 février 1870);
- grande misère qui accable les familles des ouvriers forcés au chômage, mort injuste de leurs enfants, etc... (*La cloche*, 13 janvier 1870; *Le corsaire*, 22 décembre 1872; *Nouveaux contes à Ninon*, 1874; *Messager de l'Europe*, août 1876, etc...);
- enrichissement crapuleux de certains spéculateurs; égoïsme et insouciance du « beau monde »; hypocrisie de la bourgeoisie (*La tribune*, 18 octobre 1868; *La curée*, 1871; *Le ventre de Paris*, 1873... (dont le dernier mot est : « Quels gredins que les honnêtes gens ! »); *Le messager de l'Europe*, avril 1875...).

Zola était sincèrement républicain et il fréquentait les milieux de gauche. Sous l'Empire, il avait été dans l'opposition. *La fortune des Rougon*, qui attaque le coup d'état de 1851, date de 1869. Il écrivait dans plusieurs journaux d'opposition. Toutefois, il est peu attiré par les théories et les doctrines sociales qu'il connaîtra toujours assez mal. Par peur essentiellement des systèmes et du sectarisme. Par peur aussi des changements brutaux qu'elles impliquent. La forme de la société lui semble mauvaise; mais il pense que des réformes pourraient éviter une révolution. Lorsque, en particulier, il prépare *L'assommoir*, il n'accorde pas d'importance aux problèmes économiques; il s'intéresse à l'attitude morale et psychologique de ses personnages. Gervaise est un jouet du milieu : « Elle se sentait prise d'une sueur devant l'avenir et se comparait à un sou lancé en l'air retombant pile ou face, selon les hasards du pavé » (p. 68). Idée très importante que le romancier avait explicitée dans le dossier préparatoire. Gervaise est une « nature moyenne, qui pourrait faire une excellente femme, selon le milieu » (f° 122). Même idée pour Coupeau : « Le montrer gentil, généreux, bon ouvrier dès le début; puis, en dix-neuf ans, en faire un monstre, au physique et au moral, par une pente à expliquer. Étudier l'effet du milieu sur lui » (f° 127).

Le poids de l'hérédité alcoolique pèse sur Gervaise et sur Coupeau; mais, pense Zola, ils auraient été tout différents s'ils avaient eu d'autres conditions de vie et d'autres conditions de travail. D'où l'importance qu'il accorde aux descriptions de la maison, du cabaret, des métiers, etc. Mais on ne peut pas suivre Alain qui lui reproche de faire des « inventaires sans perspective où chaque objet est à son tour centre, comme sont les pièces de musée ».

Le milieu n'est pas décrit de l'extérieur, mais il est vu, ressenti, par les personnages. Gervaise se sent immergée, sans défense, dans un monde où se développe le « choléra de la misère » (p. 495), un mal quasi inéluctable; l'expression est frappante. Malgré ses abandons, elle reste jusqu'au bout sympathique; toujours pitoyable aux autres, dont elle ressent douloureusement la détresse (Lalie, le père Bru), elle est comme un double du romancier. Car il prend parti, il ne se contente pas d'être un greffier, une sorte d'appareil enregistreur.

UN RÉQUISITOIRE VIOLENT CONTRE UNE FORME DE SOCIÉTÉ

S'il n'attaque pas les structures mêmes de la société, causes des conditions de vie qui sont faites aux ouvriers, il fait tout de même un réquisitoire violent contre cette société. Parce qu'elle tolère l'alcoolisme, et même contribue à le développer; parce qu'elle contraint au chômage, donne des salaires insuffisants, pousse à la prostitution ou au vol, n'assure pas contre les accidents, les maladies, la vieillesse; parce que la promiscuité, l'étroitesse des logements, le manque d'éducation, le travail dès l'âge de onze ou douze ans, rendent les gens envieux, bêtes, méchants, superstitieux, malhonnêtes. Les ouvriers sont englués dans un univers qui, nous l'avons vu, est hostile et les dégrade. Même un travail acharné ne pourrait les sortir de leur condition : les difficultés matérielles restent en effet insurmontables (Goujet, le parfait ouvrier, gagne de moins en moins, et il ne peut faire des économies que parce qu'il est célibataire); d'autre part, ce travail écrasant, fait dans des conditions difficiles, abrutit l'homme, le rend esclave au lieu de le libérer (les Lorilleux paient bien leur terme, mais ils mènent « une vie d'araignées maigres », ils sont aigris, méchants...). On peut même se demander si Gervaise aurait eu des chances de rembourser ses dettes énormes si elle avait continué à travailler jour et nuit. Zola ne semble pas y croire, même si, au fond de lui, il veut garder l'idée que le travail et la vertu sont toujours récompensés. Un pareil dénouement aurait été aussi étonnant que le mariage de Denise Baudu, la petite orpheline, avec le richissime patron du Bonheur des Dames [1].

L'assommoir est un roman noir : la polysémie du titre, L'*assommoir,* révèle ces niveaux différents de l'œuvre et ces tiraillements du texte. L'assommoir, c'est bien, selon Alfred Delvau, le « nom d'un cabaret de Belleville qui est devenu celui de tous les cabarets de bas étage, où le peuple boit des liquides qui le tuent ». Mais c'est aussi un instrument qui assomme, une sorte de matraque, sens attesté dans le texte à travers ces paroles de Gervaise : « la mauvaise société, disait-elle, c'était comme un coup d'assommoir, ça vous cassait le crâne, ça vous aplatissait une femme en moins de rien » ; sens attesté aussi à travers les métaphores animales et à travers l'importance donnée par Zola aux abattoirs et à l'hôpital. Un assommoir c'est enfin, selon le *Larousse du XIX*^e^ *siècle*, « une sorte de piège disposé de manière à assommer les renards, les blaireaux et autres bêtes puantes »[2].

L'*Assommoir* est avant tout une œuvre de pitié qui veut toucher et qui porte effectivement sa leçon en elle : la nécessité urgente de réformes. Elle ne se contente pas, comme on l'a dit, de faire le procès de l'alcoolisme. Elle fait entrer « tout vivant, l'ouvrier dans la littérature » ; mais « le portrait est incomplet. Cet ouvrier, Zola, qui ignore encore ce socialisme dont il se défend, ne l'a, pour l'instant, compris qu'isolé, soumis à sa fatalité, pas encore défini par sa conscience de classe. Il faudra huit années pour qu'il montre l'ouvrier total » (Armand Lanoux). Ce sera *Germinal*.

La société, le monde dans lequel vit Gervaise, sa condition, fonctionnent comme un piège auquel elle ne peut échapper et dont le mastroquet du père Colombe n'est qu'une des formes [2].

1. Le grand magasin dont Zola peint l'expansion dans son roman *Au bonheur des dames*.
2. Voir *Cahiers Naturalistes*, n° 52, 1978. Colette Becker, « La condition ouvrière dans *L'Assommoir* : un inéluctable enlisement ».

« L'assommoir » devant la critique et la défense de Zola

8

L'œuvre suscita et suscite encore des réactions très contradictoires et souvent aussi hostiles à droite qu'à gauche. Avec *L'assommoir*, en effet, se posent les problèmes concernant toute œuvre d'art (choix du sujet et façon de le traiter, vérité, moralité, « bon goût », etc.), mais aussi ceux de l'engagement de l'écrivain, « du principe de l'art et de sa destination sociale » pour reprendre le titre d'un ouvrage de Proudhon, du réalisme enfin au sens que Lukács et la critique marxiste donnent à ce terme.

A droite, on attaqua violemment l'œuvre surtout pour la crudité de sa langue et la bestialité des personnages, jugées immorales et de mauvais goût. Ainsi :

A. DE PONTMARTIN, critique de *La gazette de France*, 1877 :

« Lorsqu'on me dit que la République du 4 septembre est légalisée, que l'Assemblée nationale est inattaquable, que le suffrage universel fait partie essentielle de nos institutions, que les radicaux sont mes maîtres, que c'est la loi, et qu'un bon citoyen doit respecter la loi, je réponds tristement : « Soit, je tâcherai de m'y accoutumer ! » - Mais *L'assommoir!* Mais M. Zola! Mais les romans de M. Zola! Encore une fois, non ! Un 93 politique peut me guillotiner. Jamais le 93 littéraire ne me fera dire que l'ordure est une beauté, que la puanteur est un baume, que la Compagnie Richer est une Académie française, que la langue verte est une littérature, que le mot de Cambronne sent bon, que l'asphyxie est de l'hygiène, que le dégoût est de la morale, que le scandale est de la gloire, et que le cynisme est du génie... » *(Nouveaux samedis)*.

A gauche, deux griefs émis avec plus ou moins de nuances : l'image que le romancier donne de la classe ouvrière est faussée; la question sociale n'est pas abordée.

Arthur Ranc, journaliste républicain :

« Oui, M. Zola est un bourgeois, plus bourgeois qu'il ne le croit lui-même, bourgeois dans le mauvais sens du mot. Il a pour le peuple un mépris de bourgeois, doublé d'un mépris d'artiste faisant de l'art pour l'art, d'un mépris néronien. Jamais il ne présente le travail autrement que répugnant » *(M. Émile Zola et L'assommoir,* 1877*)*.

Victor Hugo (dans une conversation que le poète aurait eue avec Alfred Barbou, qui la rapporte), 1880 :

« Je trouve les œuvres réalistes malsaines et mauvaises... Ce livre est mauvais. Il montre, comme à plaisir, les hideuses plaies de la misère et de l'abjection à laquelle le pauvre se trouve réduit. Les classes ennemies du peuple se sont repues de ce tableau. Voilà comme ils sont tous, disent-elles, et c'est par elles que s'est fait le succès du livre (...) Il est de ces tableaux qu'on ne doit pas faire. Que l'on ne m'objecte pas que tout cela est vrai, que cela se passe ainsi. Je le sais, je suis descendu dans toutes ces misères, mais je ne veux pas qu'on les donne en spectacle. Vous n'avez pas le droit de nudité sur la misère et sur le malheur » (Alfred Barbou, *Victor Hugo, sa vie et ses œuvres*).

A. Kedros, dans la revue *Europe*, 1952 :

« ... A quoi cela sert-il d'affirmer dans votre lettre que vous vouliez plaider non seulement contre les cabarets, mais aussi pour les écoles, pour l'assainissement des faubourgs et l'augmentation des salaires, contre le travail écrasant; pourquoi affirmer que vous aviez voulu rendre responsable la société de la misère et de la déchéance du peuple, si tout cela ne ressort pas d'une manière claire et convaincante de votre roman même?

(...) Et si aujourd'hui, après un siècle de combats organisés, la classe ouvrière ne ressemble plus au prolétariat misérable de *L'assommoir*, votre roman n'y est pour rien, je dirai même que cette évolution s'est faite malgré lui » (*Europe*, numéro spécial, décembre 1952, p. 66-67).

On sut toutefois reconnaître, dès 1877, la nouveauté et les beautés de l'œuvre : Anatole France, Paul Bourget, Gustave Flaubert malgré quelques réticences, Maupassant, Huysmans, entre autres, ainsi que :

MALLARMÉ, lettre à Zola :

« ... Voilà une bien grande œuvre, et digne d'une époque où la vérité devient la forme populaire de la beauté! Ceux qui vous accusent de n'avoir pas écrit pour le peuple se trompent dans un sens autant que ceux qui regrettent un idéal ancien; vous en avez trouvé un qui est moderne, c'est tout! La fin sombre du livre et votre admirable tentative linguistique, grâce à laquelle tant de modes d'expression souvent ineptes, forgés par de pauvres diables, prennent la valeur des plus belles formules littéraires, puisqu'ils arrivent à nous faire sourire ou presque pleurer, nous lettrés! Cela émeut au dernier point; est-ce chez moi disposition naturelle toutefois, ou réussite peut-être plus difficile encore de votre part, je ne sais? Mais le début du roman reste jusqu'à présent la portion que je préfère. La simplicité si prodigieusement sincère des descriptions de Coupeau travaillant ou de l'atelier de la femme me tiennent sous un charme que n'arrivent point à me faire oublier les tristesses finales : c'est quelque chose d'absolument nouveau dont vous avez doté la littérature, que ces pages si tranquilles qui se tournent comme les jours d'une vie... »

DÉFENSE DE ZOLA

Accablé par les critiques que son œuvre souleva à gauche, Zola adressa au directeur du *Bien public*, le 13 février 1877, une lettre qui mériterait d'être commentée point par point :

« ... Il me faut prendre la question d'un peu haut.

Dans la politique, comme dans les lettres, comme dans toute la pensée humaine contemporaine, il y a aujourd'hui deux courants bien distincts : le courant idéaliste et le courant naturaliste. J'appelle politique idéaliste la politique qui se paie de grandes phrases toutes faites, qui spécule sur les hommes comme sur de pures abstractions, qui rêve l'utopie avant d'avoir étudié le réel. J'appelle politique naturaliste la politique qui entend d'abord procéder par l'expérience, qui est basée sur des faits, qui soigne en un mot une nation d'après ses besoins.

Je ne veux engager en rien *Le bien public*. Je ne suis pas moi-même un homme politique et j'exprime seulement ici les idées d'un observateur que les choses humaines passionnent. Depuis plusieurs années, il est un spectacle qui m'intéresse fort : c'est de voir la queue romantique faire une irruption dans la politique et s'y installer commodément avec les panaches et les pourpoints abricot de 1830.

(...) On bat monnaie comme l'on peut, et puisque la littérature se montrait marâtre, autant devenir millionnaire avec la politique.

Étrange politique vraiment!... Cette politique-là demanderait à être déclamée, en roulant les yeux et en faisant les grands bras. Tout y est faux et mensonger, les hommes et les choses. C'est une politique de carton doré, une politique de pompe théâtrale, derrière laquelle se creuse le vide, un vide béant où tout peut crouler un jour. Quand la représentation sera terminée, quand le peuple aura payé et acclamé les comédiens, il se retrouvera sur le trottoir, grelottant et aussi nu qu'auparavant.

Il n'y a de solide, en ce siècle, que ce qui se repose sur la science. La politique idéaliste doit mener fatalement à toutes les catastrophes. Lorsqu'on refuse de connaître les hommes, lorsqu'on arrange une société comme un tapissier décore un salon, pour le gala, on fait une œuvre qui ne saurait avoir de lendemain; et je dis cela plus encore pour les républicains idéalistes que pour les conservateurs idéalistes. Les républicains idéalistes tuent la république, telle est ma conviction formelle. Ils vont contre le siècle lui-même, ils bâtissent un édifice qui ne s'appuie sur rien de stable, et qui sera fatalement emporté. Quand Lavoisier a dégagé la chimie de l'alchimie, il a commencé par analyser l'air que nous respirons. Eh bien! analysez d'abord le peuple, si vous voulez dégager la République de la royauté.

J'affirme donc que j'ai fait œuvre utile en analysant un certain coin du peuple dans *L'assommoir*. J'y ai étudié la déchéance d'une famille ouvrière, le père et la mère tournant mal, la fille se gâtant par le mauvais exemple, par l'influence fatale de l'éducation et du milieu. J'ai fait ce qu'il y avait à faire; j'ai montré des plaies, j'ai éclairé violemment des souffrances et des vices, que l'on peut guérir. Les politiques idéalistes jouent le rôle d'un médecin qui jetterait des fleurs sur l'agonie de son client. Voilà comment on vit et comment on meurt. Je ne suis qu'un greffier qui me défends de conclure. Mais je laisse aux moralistes et aux législateurs le soin de réfléchir et de trouver les remèdes.

Si l'on voulait me forcer absolument à conclure, je dirais que tout *L'assommoir* peut se résumer dans cette phrase : fermez les cabarets, ouvrez les écoles. L'ivrognerie dévore le peuple. Consultez les statistiques, allez dans les hôpitaux, faites une enquête, vous verrez si je mens. L'homme qui tuerait l'ivrognerie ferait plus pour la France que Charlemagne et Napoléon. J'ajouterai encore : assainissez les faubourgs et augmentez les salaires. La question du logement est capitale; les puanteurs de la rue, l'escalier sordide, l'étroite chambre où dorment pêle-mêle les pères et les filles, les frères et les sœurs, sont la grande cause de la dépravation des faubourgs. Le travail écrasant qui rapproche l'homme de la brute, le salaire insuffisant qui décourage et fait chercher l'oubli, achèvent d'emplir les cabarets et les maisons de tolérance. Oui, le peuple est ainsi, mais parce que la société le veut bien.

Et j'arrive enfin à la singulière façon dont on a vu et jugé mes personnages.

On pense qu'en un pareil sujet je n'ai pas agi à l'étourderie. Dans mon plan général, je me suis au contraire vivement préoccupé de présenter tous les types saillants d'ouvriers que j'avais observés. On m'accuse de ne pas composer mes romans. La vérité est que je consacre à la composition des mois de travail. J'ai donc cherché et arrêté mes personnages de façon à incarner en eux les différentes variétés de l'ouvrier parisien. Et voilà que l'on écrit partout que mes personnages sont tous également ignobles, qu'ils se vautrent tous dans la paresse et dans l'ivrognerie. Vraiment, est-ce moi qui perds la tête, ou sont-ce les autres qui ne m'ont pas lu? Examinons mes personnages.

Il n'y en a qu'un qui soit un gredin, Lantier. Celui-là est malpropre, je le confesse. J'estime que j'ai le droit de mettre un personnage malpropre dans mon roman, comme on met de l'ombre dans un tableau. Seulement, celui-là n'est pas un ouvrier. Il a été chapelier en province, et il n'a plus touché un outil depuis qu'il est à Paris. Il porte un paletot, il affecte des allures de Monsieur. Certes, je n'insulte pas en lui la classe ouvrière, car il s'est placé de lui-même en dehors de cette classe.

Voyons les autres, maintenant :

Les Lorilleux. Est-ce que les Lorilleux sont des fainéants et des ivrognes ? En aucune façon. Jamais ils ne boivent. Ils se tuent au travail, la femme aidant le mari de toute la force de ses petits bras. Certes, ils sont avares, ils ont une méchanceté cancanière et envieuse. Mais quelle vie est la leur, dans quelles galères ils s'atrophient et se déjettent ? La même besogne abrutissante les cloue pendant des années, dans un coin étouffant, sous le feu de leur forge qui les dessèche. On n'a donc pas compris que les Lorilleux représentaient les esclaves et les victimes de la petite fabrication en chambre ? Je me suis bien mal exprimé, alors.

Les Boche. Est-ce que les Boche sont des fainéants et des ivrognes ? En aucune façon. Tous deux travaillent. A peine l'homme boit-il un verre de vin. Ils sont les concierges que tout le monde connaît, ils ne commettent pas dans le livre une seule mauvaise action.

Les Poisson. Est-ce que les Poisson sont des fainéants et des ivrognes ? En aucune façon. Le mari, le sergent de ville, est au contraire une figure du devoir, poussée un peu au comique peut-être, mais foncièrement honnête. La femme a des rapports avec Lantier, il est vrai ; mais cette liaison est un besoin de mon drame, et je ne sache pas qu'il soit défendu aux romanciers d'utiliser l'adultère.

Goujet. Est-ce que Goujet est un fainéant et un ivrogne ? En aucune façon. Ici j'ai trop beau jeu. Goujet, dans mon plan, est l'ouvrier parfait, l'ouvrier modèle, propre, économe, honnête, adorant sa mère, ne manquant pas une journée, restant grand et pur jusqu'au bout. N'est-ce pas assez d'une pareille figure pour que tout le monde comprenne que je rends pleine justice à l'honneur du peuple ? Il y a dans le peuple des natures d'élite, je le sais et je le dis, puisque j'en ai mis une dans mon livre. Et, l'avouerai-je même ? Je crains bien d'avoir un peu menti avec Goujet, car je lui ai prêté parfois des sentiments qui ne sont pas de son milieu. Il y a là pour moi un scrupule de conscience.

J'arrive aux trois personnages qui sont le centre du

roman, à Gervaise, à Coupeau et à Nana. Ici, je suis en plein dans mon drame, et je réclame toutes les libertés qu'on accorde aux dramaturges.

Est-ce que Gervaise et Coupeau sont des fainéants et des ivrognes? En aucune façon. Ils deviennent des fainéants et des ivrognes, ce qui est une toute autre affaire. Cela d'ailleurs est le roman lui-même; si l'on supprime leur chute, le roman n'existe plus, et je ne pourrais l'écrire. Mais, de grâce, qu'on me lise avec attention. Un tiers du volume n'est-il pas employé à montrer l'heureux ménage de Gervaise et de Coupeau, quand la paresse et l'ivrognerie ne sont pas encore venues. Puis la déchéance arrive, et j'en ai ménagé chaque étape, pour montrer que le milieu et l'alcool sont les deux grands désorganisateurs, en dehors de la volonté des personnages. Gervaise est la plus sympathique et la plus tendre des figures que j'ai encore créées; elle reste bonne jusqu'au bout. Coupeau lui-même, dans l'effrayante maladie qui s'empare peu à peu de lui, garde le côté bon enfant de sa nature. Ce sont des patients, rien de plus.

Quant à Nana, elle est un produit. J'ai voulu mon drame complet. Il fallait une enfant perdue dans le ménage. Elle est fille d'alcoolisés, elle subit la fatalité de la misère et du vice. Je dirai encore : consultez les statistiques et vous verrez si j'ai menti.

Restent les comparses, des ivrognes et des fainéants, que j'ai dû choisir tels pour expliquer la chute de Coupeau. J'allais oublier Bijard et la petite Lalie. Bijard n'est qu'une des faces de l'empoisonnement par l'alcool. On meurt du delirium tremens comme Coupeau, ou l'on devient fou furieux comme Bijard. Bijard est un fou, de l'espèce de ceux que la police correctionnelle a souvent à juger. Quant à Lalie, elle complète Nana. Les filles, dans les mauvais ménages ouvriers, crèvent sous les coups ou tournent mal.

Eh bien! où voit-on que j'aie pris seulement des ivrognes et des fainéants comme personnages? Tout le monde travaille au contraire dans *L'assommoir;* il y a sept ou huit tableaux qui montrent les ouvriers au travail. Et, sauf les exceptions nécessaires à mon drame, personne ne boit. Me voilà loin de compte avec la critique, qui m'accuse de n'avoir mis que des gredins en scène. On me lit bien mal. C'est tout ce que je désirais prouver.

D'ailleurs, on ne veut pas comprendre que *L'assommoir*, comme mes précédents romans, appartient à une série, à un vaste ensemble qui se composera d'une vingtaine de volumes. Cet ensemble a un sens général qu'on ne verra bien nettement que lorsque je serai arrivé au bout de ma lourde tâche. C'est ainsi que la série doit comprendre deux romans sur le peuple. Que les personnes qui m'accusent de n'avoir pas montré le peuple sous toutes ses faces veuillent bien attendre le second roman que je compte lui consacrer. *L'assommoir* restera comme une note unique, au milieu des autres volumes. »

Annexes

▶ Petit lexique des termes populaires employés dans *L'assommoir*

Zola a utilisé de nombreux mots ou expressions qu'il a relevés dans les ouvrages d'Alfred Delvau (D) et de Denis Poulot (P [1]), ou qu'il a directement empruntés au langage populaire qu'il connaissait bien. Nous donnons ici ceux qui nous ont semblé les moins connus.

Baladeuse : « fille ou femme qui préfère l'oisiveté au travail et se faire suivre que se faire respecter » (D)

Balthazar : repas copieux.

Barboter : parler avec embarras, marmonner.

Bastringue : « guinguette de barrière où le populaire va boire et danser les dimanches et les lundis » (D)

Battre les murs; battre la breloque : déraisonner.

Béquiller : manger.

Laisser ses bottes : « laisser sa santé, mourir » (D)

Boulotter : « aller doucement, faire ses petites affaires » (D)

Bousin : tapage, vacarme.

Braise : argent.

(Se mettre dans les) brindezingues : être complètement ivre.

Brûlot : mélange de sucre et d'eau-de-vie qu'on fait brûler.

Cadet : compagnon (cf. Cadet-cassis).

Casse-gueule, casse-poitrine : eau-de-vie très forte.

Casser une pièce : dépenser.

Chahut : « danse dévergondée comme on en voit dans les bals mal famés » (D)

Charmer les puces : être au bord de l'ivresse.

Chelinguer : puer.

Cheulard, lichard : ivrogne.

Chipoteuse, râleuse : « qui proteste sur le prix ou la qualité » (D)

Clou : le Mont-de-Piété.

Se cocarder : s'enivrer.

Craques : mensonges.

Cric : eau-de-vie de qualité inférieure.

Crier à la chienlit : « exclamation injurieuse dont les voyous et les faubouriens

1. Voir p. 39 et p. 40.

poursuivent les masques dans les jours de Carnaval » (D)

Se crocher : « se battre à coups de poings et de pieds comme les crocheteurs » (D)

Culotte : cuite.

Droguer : attendre.

Faire : voler.

Festonner : être ivre, marcher en zigzags.

Fil en trois, Fil en quatre : eau-de-vie.

Fricoter : faire de la bonne cuisine; faire la noce.

Galfâtre : goinfre, abruti, idiot.

Gaupe : « fille d'une conduite lamentable » (D)

Gobelotter : « boire des petits coups de cabaret en cabaret » (D)

Godailler : courir les cabarets.

Gouaper : flâner, chercher aventure.

Gouapes : « fainéants qui fréquentent les cabarets » (P)

Avoir un fichu grelot : bien parler.

Gueulardise : gourmandise.

Laver : vendre à perte.

Licher (lichade, licheuse) : boire, bien manger.

Mannezingue : cabaret de bas étage.

Margoulette : bouche.

Mastroquet : marchand de vin au détail; débit de boisson.

Mécaniser quelqu'un : se moquer de lui.

Mine à poivre : cabaret (poivre = ivre, poivrot).

Négresse : bouteille de vin.

Partie : profession.

Peau : fille ou femme de très mauvaise vie.

Pichenet, piqueton, piquette, piccolet : petit vin du pays.

Pochard : ivrogne.

Pouf : dette qu'on ne paie pas.

Poussier : « lit d'auberge ou d'hôtel garni de bas étage » (D)

Prêt : salaire.

Se laisser rafaler : « tomber dans la misère » (D)

Ribote : ivresse.

Rouchie : femme ou fille de mauvaise vie.

La rousse : la police.

Roussin : indicateur de police; sert d'injure.

(Les jours de) Sainte-touche : la fin de la quinzaine.

Sapin : fiacre.

Sonner le sapin : faire songer au cercueil.

Sifflet : gosier.

Singe : patron.

Sublime : « ouvrier paresseux et ivrogne » (cf. Bibi-la-Grillade)

Ma tante : le Mont-de-Piété.

Truffe : nez d'ivrogne.

Faire la vache : fainéanter.

Se coller un velours sur la poitrine : manger quelque chose de doux à l'estomac.

Viauper : pleurer comme un veau.

Vitriol : eau-de-vie (du chien tout pur).

Zigue : compagnon, homme.

▶ Thèmes d'étude et de réflexion

L'œuvre d'art

1. *La présentation du milieu :* comparer avec la méthode de Balzac, de Flaubert, des Goncourt (la description de la foule dans *L'assommoir* et le chapitre XII de *Germinie Lacerteux*, par exemple).

2. *Temps historique et temps romanesque :* retrouver avec précision la chronologie de la vie de Gervaise. Étudier le rythme du roman, la durée (effets d'allongements, retours en arrière, temps forts et temps faibles, ralentis, accélérés, ruptures, etc.). Approuvez-vous le jugement de Mallarmé (voir ci-dessus p. 67) : « C'est quelque chose d'absolument nouveau dont vous avez doté la littérature, que ces pages si tranquilles qui se tournent comme les jours d'une vie. »

3. *Étude de quelques thèmes :*
- les couleurs : le rouge et le noir; thèmes de la nuit, du feu, de l'or, etc.
- les métaphores animales : leur choix, leur valeur; le symbolisme des noms propres
- le thème du « voyeur », témoin curieux et souvent malveillant : son développement, sa valeur (Mme Boche épiant Gervaise au chapitre I, la « petite vieille » attendant la chute de Coupeau, Nana regardant sa mère entrer dans la chambre de Lantier, etc.)
- l'angoisse : peurs, hallucinations de Gervaise; les cauchemars de Coupeau
- le thème du refuge; et, en particulier, étudier, de ce point de vue, les différents logis de Gervaise, sans oublier la forge et le lavoir.

4. *Zola poète du fantastique :* étudier quelques-unes de ses grandes créations fantastiques : Le Voreux *(Germinal)*, la Lison *(La Bête humaine)*, le magasin *(Au Bonheur des Dames)*. Essayer de cerner l'imagination de l'écrivain. Ce qu'il doit au romantisme. Ce qui est déjà moderne, surréaliste avant la lettre.

5. *L'art du symbole :* comparer les descriptions de la maison ouvrière *(L'assommoir)* et de la maison bourgeoise *(Pot-Bouille)*; la différence de tons entre les deux descriptions; deux univers apparemment opposés, mais en fait semblables sur bien des points; emploi de thèmes identiques dans un but différent; symbolisme...

6. *La foule* (*L'assommoir* : I, XII, etc.) : comparer avec d'autres foules (*Germinal*, *La Débâcle*).

La langue

L'emploi du langage populaire :

- apprécier comment Zola donne à chacun son parler en fonction de sa condition et du moment de sa vie;
- étudier comment, selon les mots de H. Guillemin, il introduit dans le parler peuple son rythme à lui : « De temps à autre, dans un enlacement très subtil (Céline connaissait cela), les prestiges du littérateur s'unissent à la magie de l'argot »;
- comparer la tentative de Zola (« roman parlé ») avec d'autres tentatives plus modernes : Céline, Queneau, Beckett;
- Edmond Lepelletier écrit dans son étude sur Zola : « *L'assommoir* eût été un livre tout aussi fort, et aurait fourni un tableau tout aussi saisissant des milieux populaires, s'il eût été écrit dans le style des autres romans de Zola. D'autant plus que l'argot employé par lui est plutôt poncif et hors d'usage. » Qu'en pensez-vous ?

Portée de « L'assommoir »

1. Quelles sont les solutions implicites et explicites que propose Zola dans *L'assommoir* pour résoudre la question sociale ? Qu'en pensez-vous ? *Germinal* apporte-t-il des éléments nouveaux ?

Après avoir lu *Paris* et *Travail*, dégagez la pensée sociale de Zola, et, éventuellement, son évolution.

2. *Germinal* et *L'assommoir*, affirma récemment un syndicaliste au cours d'une émission de télévision consacrée à Zola, touchent les ouvriers, parce que ce sont deux romans qui posent des problèmes toujours actuels. Qu'en pensez-vous ?

3. Dégagez les arguments avancés par Zola dans la préface qu'il a donnée au roman et dans la lettre qu'il a adressée au *Bien public* (voir ci-dessus p. 67 et suiv.). Discutez-les point par point.

4. Ed. Lepelletier affirme que *L'assommoir* a manqué son but parce qu'il n'a détourné aucun de ses lecteurs de l'alcoolisme. Pensez-vous qu'une œuvre d'art (roman, film, etc.) puisse avoir une valeur d'exemple et une portée morale (par exemple, un film sur la drogue) ?

- A ce propos, discutez les paroles prêtées à Hugo et rapportées ci-dessus p. 66.

▶ Bibliographie sommaire

1. Œuvres de Zola :

• Les *Œuvres complètes* de Zola ont récemment été publiées au Cercle du livre précieux (15 volumes), aux éditions Rencontre (24 volumes) et au Cercle du Bibliophile (36 volumes).

• *Les Rougon-Macquart* existent en livre de poche (20 volumes), dans la collection de la Pléiade (5 volumes, avec notes et commentaires très importants), dans la collection l'Intégrale, au Seuil (5 volumes; le volume 2 contenant *L'assommoir* donne les études intéressantes faites sur le roman par Huysmans et Maupassant).

• Un certain nombre des œuvres de Zola, dont *L'assommoir*, existent aussi dans la collection de poche GF (Garnier-Flammarion).

2. Ouvrages critiques :

Nous ne donnons ci-dessous que quelques ouvrages assez facilement accessibles. Nous renvoyons ceux qui voudraient faire une étude plus poussée de l'œuvre du romancier aux *Cahiers Naturalistes*, revue, bi-annuelle, publiée par la Société littéraire des amis d'É. Zola et les éditions Fasquelle. Premier numéro en 1955.
Pour une bibliographie exhaustive, voir David Baguley, *Bibliographie de la critique sur Émile Zola, 1864-1970*, Toronto, 1976 ; poursuivre dans les *Cahiers naturalistes*, n° 47 (1974), n° 49 et suivants.

Études d'ensemble (biographie et œuvre) :

Les critiques de notre temps et Zola, Garnier, 1972, présentation par Colette Becker : préface, choix de textes, chronologie et bibliographie très détaillée.

MARC BERNARD, *Zola par lui-même*, Seuil, 1952.

ALFRED BRUNEAU, *A l'ombre d'un grand cœur. Souvenirs d'une collaboration*, Fasquelle, 1931 (Bruneau composa la musique de drames lyriques sur des livrets de Zola dans l'intimité duquel il vécut de nombreuses années).

MICHEL EUVRARD, *É. Zola*, Éditions universitaires, 1966. (Collection « Classiques du XXe siècle ».)

JEAN FRÉVILLE, *Zola semeur d'orages*, Éditions sociales, 1952. (Étude marxiste de l'œuvre.)

Armand Lanoux, *Bonjour Monsieur Zola*, Hachette, 1964 (biographie romancée).

Denise Leblond-Zola, *Émile Zola raconté par sa fille*, Fasquelle, 1931.

Guy Robert, *É. Zola, principes et caractères généraux de son œuvre*, Belles Lettres, 1952 (l'ouvrage de base qui a inauguré le renouveau des études zoliennes).

Aspects particuliers :

Jean Borie, *Zola et les mythes, ou de la nausée au salut*, Seuil, 1971.

Michel Butor, « É. Zola, romancier expérimental et la flamme bleue », dans la revue *Critique*, n° 239, avril 1967, p. 407 à 437.

Marcel Cressot, « La langue de *L'assommoir* », dans *Le français moderne*, XVIII, 3, juin-juillet 1940, p. 207-218.

Léon Deffoux, *La publication de L'assommoir*, Paris, 1931 (collection « Les grands événements littéraires »).

Jacques Dubois, *L'Assommoir de Zola, société, discours, idéologie*, Larousse Université, 1973.

Henri Guillemin, *Présentation des Rougon-Macquart*, Gallimard, 1964 (recueil des préfaces qui précèdent les romans, aux éditions Rencontre).

Alfred Proulx, *Aspects épiques des Rougon-Macquart*, Mouton, 1966.

Jean-Louis Vissière, « L'art de la phrase dans *L'assommoir* », dans *Cahiers Naturalistes*, n° 11, 1958, p. 455-464.

Numéro spécial de la revue *Europe*, avril-mai 1968 (communications faites au colloque Zola de février 1968).

Numéro spécial des *Cahiers naturalistes*, n° 52, 1978, *Le Centenaire de L'Assommoir*, colloque de l'Université de Toronto (novembre 1977).

▶ Filmographie

Les victimes de l'alcoolisme, Ferdinand Zecca, 1902, France.
L'assommoir, Albert Capellani, 1909, France.
A drunkard's reformation, D. W. Griffith, 1909, U.S.A.
Les victimes de l'alcool, Gérard Bourgeois, 1911, France.
Le poison de l'humanité, Émile Chautard, 1911, France.
Drink, 1917, Angleterre.
L'assommoir, C. Maudru et M. de Mersan, 1921, France.
L'assommoir, Gaston Roudès, 1933, France.
Gervaise, René Clément, 1956, France.

Index des thèmes

LITTÉRATURE

10 TEXTES EXPLIQUÉS

131 **Balzac,** Le père Goriot
135 **Camus,** L'étranger
143 **Flaubert,** L'Éducation sentimentale
108 **Flaubert,** Madame Bovary
110 **Molière,** Dom Juan
107 **Stendhal,** Le rouge et le noir
104 **Voltaire,** Candide
136 **Zola,** Germinal

10 POÈMES EXPLIQUÉS

93 Le romantisme
102 Parnasse et symbolisme
92 Du symbolisme au surréalisme
90 Du surréalisme à la Résistance

20 POÈME EXPLIQUÉS

141/142 **Baudelaire,** Les fleurs du mal, Le spleen de Paris

HISTOIRE LITTÉRAIRE

114/115 50 romans clés de la littérature française
119 Histoire de la littérature en France au XVIe siècle
120 Histoire de la littérature en France au XVIIe siècle
139/140 Histoire de la littérature en France au XVIIIe siècle
123/124 Histoire de la littérature et des idées en France au XIXe siècle
125/126 Histoire de la littérature et des idées en France au XXe siècle
128/129 Mémento de littérature française
127 La littérature fantastique en France
116 25 romans clés de la littérature négro-africaine
117/118 La littérature canadienne francophone

FORMATION

EXPRESSION ÉCRITE ET ORALE

305 Explorer le journal
306 Trouvez le mot juste
307 Prendre la parole
308 Travailler en groupe
309 Conduire une réunion
310 Le compte rendu de lecture
311/312 Le français sans faute
323 Améliorez votre style, tome 1
365 Améliorez votre style, tome 2
342 Testez vos connaissances en vocabulaire
390 500 fautes de français à éviter
391 Écrire avec logique et clarté
395 Lexique des faux amis
398 400 citations expliquées
415/416 Enrichissez votre vocabulaire
424 Du paragraphe à l'essai
425 Les mots clés de la mythologie

LE FRANÇAIS AUX EXAMENS

422/423 Les mots clés du français au bac
303/304 Le résumé de texte
417/418 Vers le commentaire composé
313/314 Du plan à la dissertation
324/325 Le commentaire de texte au baccalauréat
394 L'oral de français au bac
421 Pour étudier un poème

BONNES COPIES DE BAC

317/318 Bonnes copies Commentaires de texte, tome 1
349/350 Bonnes copies Commentaire de texte, tome 2
319/320 Bonnes copies Dissertation, essai, tome 1
347/348 Bonnes copies Dissertation, essai, tome 2
363/364 Bonnes copies Technique du résumé et de la discussion

Imprimé en France par l'Imprimerie Hérissey à Évreux (Eure)
N° d'édition : 13685 – N° d'impression : 62932 – Dépôt légal : Octobre 1993